世界の色をすべて君に

Contents

装画
ふすい

装幀
長崎 綾
(next door design)

RGB

255 255 255

CMYK

0 0 0 0

第一章

出会い

#FFFFFF

「友達は大切にしなさい」

これは母さんの口癖だった。

なんとなくその言葉が頭の隅から離れなくて、友達って呼べるような人はいなくても変に一匹狼にならずに過ごしてきた。

でも、普通の関係じゃない。


「如月《きさらぎ》君、それ僕が運んであげるよ」

「大丈夫？　やっぱ危なっかしいから私やるね」

「あ、如月はいいよ。俺らでやっとくから」


そうやって皆は僕を腫物《はれもの》のように扱う。

いらない気を使われてそれに「大丈夫だよ」「気にしないで」「ごめんね」「ありがとう」と笑顔で返すのにも、心底疲れた。


僕には、左腕《ひだりうで》がない。

肩から指先までの腕がない。

第一章　出会い　#FFFFFF

皆からすれば僕は異物、新種。
自分たちの中にある〝人間図鑑〟に新たに登録されたのが僕。
どう扱うのが正しいのか、マニュアルがないから分からないんだ。
毎日毎日変な気を使わせる。
正直、僕にだって正解は分からない。
だからしょうがないんだ。しょうがないことは分かっている。
でも。
腫物のように扱われる毎日に、もう疲れた。

「ただいま」
誰もいないアパートの一室。
真っ暗で音のない部屋に電気をつける。
このボロアパートで父さんと二人暮らし。
簡単にご飯を作って食べる。
片腕がなくったって料理くらいできる。

最初はそりゃ大変だったけど専用の道具を使ったり、まな板に釘のような針を三、四本立ててそこに食材を刺し込んだりすれば難なく刻むことだってできる。

今の時代、電子レンジでほとんどのことはできるし。

難しいことも多少はあるけど、でも僕にはそれくらいつまずきのある毎日がちょうどいい。

充実した生活なんて送る資格、ないし。

これは自分への戒《いまし》めだ。

別に誰かが僕に向かって「充実した生活を送るなんて許せない」と言ってきたわけじゃない。

僕が僕を許せないんだ。

こんなことを思いながら母さんの仏間に手を合わすのは罰当たりかな。

片手を自分の前に出し、手を合わせるポーズをする。

腕がない僕を見て、母さんは悲しむだろうか。


「いつまでそうしてるんだ」

急にかけられた声に反射的に振り返る。

「あぁ、父さん。帰ってたんだ」

第一章　出会い　#FFFFFF

いつの間にか帰ってきていた父さんはため息交じりにネクタイを緩め、僕が作ったご飯を電子レンジに入れた。

シンとした部屋に電子レンジのゴーっという音だけが響く。

居心地の悪い空間。

そんな中、先に口を開いたのは父さんだった。


「まだ母さんにすがっているのか」


「そんな言い方しなくていいでしょ」

またただ。父さんは母さんのことになるとすぐに機嫌が悪くなる。

普段たいした会話をしないくせにこういう時はお互い口がよく動く。

母さんが母さんがって二人で叫びまくる。

「母さんが死んでからどれだけ経ったと思ってるんだ。いつまでもそうやってうじうじするな」

「うじうじなんてしてないよ。母さんの仏間に手を合わせてただけじゃんか。それの何が悪いんだよ。父さんこそ母さんのことになるとそうやっていちいち突っかかってくる。いつまでもいじけてるなよ」

僕たち家族は母さんがいたから成り立っていたんだって、母さんが死んで気がついた。

人は皆失って初めて気がつく。

父さんは母さんが死ぬまで優しい父親だったのに。

今思えば、家族で行ったピクニックも旅行も動物園も全部母さんからの提案だった。

「今度皆でここ行かない？」

楽しそうにチラシを指さす母さんに「いやだ」とは言えなくて渋々ついていって、でもそれが案外楽しくて。

フッと笑ってしまう僕を見て茶化さずに「楽しんでくれて良かった」と少し小突いてくる母さんはもういない。

「過去ばかり振り返るな。もう母さんはいないんだよ。お前も大人になれ」

そう言って僕に突き出してくるそれは、

〝あなたもその手で羽ばたこう〟

そう大きく書いてあるパンフレット。

義手だ。

受け取らない僕にもう一度グッと力を込めて突き出してくる。

そんなに強い力で押されていないのにこんなにも胸が痛むのは、きっと父さんの言葉が僕を締めつけているから。


「こんなもの」と突き飛ばしてしまいそうになるのをグッとこらえ、

「父さんだって、母さんが死んでから人が変わったじゃないか。いつまでも母さんにすがってるのは父さんの方だ」

そう言い放って自室にこもった。

電気をつけなくても分かる。

勉強机の上に無造作に置いてある三枚の義手のパンフレット。

父さんは勝手に義手のパンフレットを取り寄せたりしては僕の部屋に置いていく。

怒りに任せてそれを片方しかない手で大きく払えば、ばらばらと音を立て虚しく宙に舞う。

「なんでだよ……」

なんで僕がこんなものを。

こんなのをつけなくても、僕は大丈夫なんだから。僕は普通だ。

やけに明るい未来を思わせるパンフレットの決まり文句を目の端に追いやって「そんなわけあるか」と毒を吐き、ベッドに力なく倒れ込んだ。

左手の服の袖はペラペラの布切れになってそこに横たわる。

母さんが死んでからイライラしてばかりだ。

自分にも世界にも絶望してしまって、嫌気がさし、ため息が出る。


もうしんどい。こんな毎日。

もうやめてしまおうか。こんな人生。

今目を閉じたら終われるんじゃないか。

そんな非現実的で小さな希望を胸に、今日も目を閉じた。


意識の瀬戸際で甲高《かんだか》い音が耳を突く。

まぶしい日の光に勝てず「ん……」と情けない声を絞り出しながらスマホを探る。

分かった。分かったよ。起きるから。ちょっと静かにして。

第一章　出会い　#FFFFFF

アラームをかけたのは自分なのに、うっとうしがりながら雑にアラームを止める。

開ききらない瞼《まぶた》でなんとか時間を確認すると、土曜日の午前十時。

今日は左腕の検査の日。

休日なんかにアラームが鳴るよう設定されているのはそのせいだった。

まぁいい。

そんな面倒な検査も今日で最後。

朝ごはんを作るのも、食べるのも、食器を洗うのも。

歯磨きも、着替えも。

今日で最後。

家も見納め。

なんだか今日は気分がいい。いつもと違う。

いい天気だ。


「こんにちは、梨久《りく》君。左腕診るね」

「はい」

「服上げるね」

「はい」

「レントゲン撮りまーす」

「はい」

「うん、特に問題なさそうだね」

「はい」

「何か身体に違和感とかは大丈夫？」

「はい」

「梨久君」

「はい」

「辛い時はいつでもおいでね。君の居場所はここにあるから」

「……」

「嵐山《あらしやま》先生～。こちらお願いします」

「分かった、今行く。じゃあまた次の検診でね」


通い慣れた病院。

いつもの先生とたまに変わる看護師さん。

その人たちに背を向けのそのそと歩き出す。

「如月君？　そっち出口と逆だけど大丈夫？」

「はい、大丈夫です」

この人が僕と会話する最後の人かな。

出口とは反対の屋上へ上がる階段を上《のぼ》っていく。

気持ちは重たいのに体は軽い、変な感覚だった。

扉を開けるとゆったりとした春風が頬《ほお》を撫《な》でる。


今日は飛び降り日和。

なんの迷いもためらいもなく、フェンスを乗り越え病院の縁に立つ。

「じゃあね。さようなら」


そう言って大きく踏み出した一歩。

体重がその足に乗り切る直前。


「誰かいるの？」

その声に意識がグッと引っ張られ、踏みとどまった。
振り返ると少女が一人。
そこに立っていた。

RGB

144 238 144

CMYK

46 0 58 0

第二章

始まり

#90EE90

少女は日本人と思われる容姿なのに目が薄いグレーのような、ブルーのような、そんな色だった。

目の前にいるのに「誰かいるの？」なんて変なやつ。

心なしか焦点も僕に合ってないような気がする。

「誰もいないの？」

再度僕の存在を確認する声に「いるよ」と仕方なく返事をした。

「あぁ！　よかった～」

と笑う彼女。今から死のうって時に、なぜか口が動いて彼女に話しかけてしまう。

この子に時間を割《さ》くことに対して嫌な気持ちが湧かない。

そんな不思議な子だった。

フェンスの向こう側とこちら側で会話をするという異様ともいえるその光景に、目の前の彼女は不審感を抱いているようには見えない。


「僕のこと、見えてないの？」


純粋な疑問をぶつけた。

もしかして、僕もう死んだ？

ユウタイリダツ的な？

自分のことを見てみてもまだ透けてはいない。

変に心配になっている僕をよそに彼女は続けた。

「ごめんねぇ、見えないの。目の病気でさ。何も見えないんだよね」

なにヘラヘラしてんだこいつ。

「何してるの？」

「今から死ぬの」

ヘラヘラしてた彼女が少し目を見開いてびっくりしたような顔をしたけどまたすぐにふにゃっと笑い、

「君のこともっと知りたい。近くに来てよ」

なんて言ってきた。

「聞いてた？　今から死ぬって」

無頓着な彼女に呆《あき》れたような声が漏れてしまうけどあくまで初対面。

これでもイライラは抑えてるつもりだ。

そんな僕の気も知らないで、

「うん、聞こえてるよ。耳はいいから安心して？　別に死ぬのが少しくらい遅くなったとて呪われるわけじゃないんだから。ね？」

コテンと首をかしげる彼女の視線の直線上に僕はいない。

本当に見えてないんだ。

「はぁ」とあからさまに大きくため息をつき、彼女に近づいた。

「今、目の前」

いきなり近くに来た声にびっくりしたのか「おっ」と顔を上げて、僕の顔があるんだろうと彼女が予想した先を見てるけどそこは多分首元。

スーッと手を伸ばして僕のお腹のあたりをツンと触ると「居た」という顔で少し背伸びをしてから頭、顔、首とぺたぺた触る。

それでも腕のところで「ん？」と止まったのでこれもまたため息交じりで、

「ないの」

そう簡単に教えた。

ハッとして顔を上げるけどやっぱり目は合わない。

「ないって、どうして？」

「どうしても何も。切っちゃったから」

「元々あったの？」

「え、うん」

なんだこの子。

皆が遠慮して聞いてこないようなことをこんなにも簡単に、ただの好奇心みたいに聞いてくる。

なんでか、悪い気がしなかった。

気を使われてないという事実が妙に心地いい。

「じゃあさ……」

「いのりちゃーん！　そろそろ病室戻る時間だよ〜」

「あっ！　はーい！　今行きまーす」

何か言いかけていたけど、看護師さんの声で僕らの不思議な時間が終わった。

結局この子はなんだったのか。

なんで初めて会う僕にあんなに絡んできたのか。

〝目の病気〟それはなんなのか。

分からずじまい。

まぁもう一生会うこともないだろうから、そんなことを気にしたところで僕に関係ない。

そう思ったのに、

「ねぇ、明日も来てよ。私の病室、八〇四だから！　約束ね？　また明日！」

「は？　ちょっ」

　ついていけない僕を置いてけぼりにして「いのり」という少女は慣れた足取りで病院の中に消えていった。

　嵐のような子だな……。

　なんだか、死ぬタイミングを逃したというか。

　今から飛ぶ気になれないというか。

　彼女にちょっと興味が湧いたというかなんというか。

　そんな言い訳じみた理由を何個か並べて、とりあえず今日は帰ることにした。

　別に死ぬのはいつでもできる。


〝また明日〟

　僕にもう来ないと思い込んでいた〝明日〟が来る。

　なんだか変な感じ。

　気がつけば日が傾き始めていた。

　結局いつもと同じ道を辿《たど》って歩く。

　最後だ、見納めだと思っていたことをまた繰り返していることに若干の違和感を覚えながら家に帰りご飯を作った。

がらんとした食卓に今日も電子レンジの音だけが無駄に大きく響く。

『ご飯はいらない』

そう無機質に書いてある置手紙を丸めてゴミ箱に捨てたタイミングで、仏間の前に胡坐《あぐら》をかいた。

「明日も来てよってそんな軽いノリで……」

母さんなら「いいじゃない、行ってきなさいよ」なんてノリノリで背中を押してきそうだけど。

僕はそんなに外向的な性格じゃない。

いつもなら面倒だと今頃記憶のかなたへ飛ばしているところだけど、なんとなく彼女のことを無視できないのはなんでだろう。

感傷的になる自殺前フィルターでもかかっていたのか。

なんかアドレナリンでも出ていたのか。

それともどこかで親近感を感じたのか。

この気持ちに正解が見つからないまま、一定のリズムで時間を刻む時計の針だけが僕を置いて進んでいく。

「ラチがあかないな」

色んな疲労が溜まって疲れた。
簡単に洗い物とお風呂をすませて、ベッドの上でよく知る天井を見る。
明日、どうしよ。
この判断は明日の自分に任せようと、なかばなげやりに目を閉じた。

RGB

0 0 139

CMYK

100 99 45 0

第三章

過去

#00008B

「八〇四、ひいらぎ　いのり……ここか」

朝起きてなんとなく過ごしていたら、いつの間にか病院への道を歩いていた。

僕は暇人か？

まぁあながち間違いではない。


受付で「いのりさんのお見舞いに来ました」って言ったら「いのりちゃんから聞いてますよ」ととてもすんなり、快く通してもらった。

「聞いてますよ」って、名前も知らない僕のことをもう看護師さんたちに話したのか。

もしかするといのりという子は看護師さんたちと顔なじみでなおかつ、かなり長いことこの病院にいるのかもしれない。

何気にこの病院の八階をちゃんと歩くの初めてかも。


病室の前、ノックをしようと手を上げて少し戸惑って、勇気を振り絞ってドアをたたいた。

「はーい！」

中から元気な声。

昨日の子の声で少し安心する。

ゆっくりスライド式のドアを開けてそーっと中をのぞき込んだ。

「し、失礼します」

「誰？　昨日の子？」

そうだった。彼女は目が見えないんだった。

「そう、昨日の子」

そう言うとにっこりと微笑んで「どうぞ」と椅子の方を指さした。

この子の警戒心のなさには少し心配になるけどお言葉に甘えて座る。

座ったはいいものの、何を話せばいいのか分からない。

困った。

何かごそごそと自分の周りを整えている祈莉さんを前にどうしたらいいのか分からず、あたりをキョロキョロとすることしかできない。

ふと視線を落とすと、テーブルの上に本が三冊。

奥の棚にも本がかなりたくさん並べられていた。


「本、読めるの？」

聞いてちょっと後悔。

あまりにも直球すぎて失礼だっただろうか。

そんな僕の心配をよそにケラケラと笑いだす。

「君って結構ストレートだね。いいよそういうの。変に気を使われるよりよっぽどいい」

僕と同じこと思ってる。

「普通の本はそりゃ読めないよ。でも、これなら私でも読める」

そう言って本を開いて見せてきた。

そこにはたくさんの点々がぎっしりと散らばって、って日本語おかしいけど、そういう表現が一番近い。とにかく細かい点がたくさん連なっていた。

「点字？」

「そう。これ全部点字」

「読めるの？」

「そりゃね。例えばこれ」

『⠳⠳⠑ ⠒⠢⠶⠇⠁⠁⠓⠑⠃』

「早く王様になりたい」

「ライオンキングか」

「そうそう！」

なんか、これをずっと見てると目が変になってくる。

〝疲れてる人には動いて見えます〟

みたいなページに目が回りそうになっていると、

「あっ！」

いきなりの大きな声に肩がびくっと上がってしまう。

「え、何。びっくりするんだけど」

「君さ、どうせ暇でしょ」

「ひどい言われようだな」

まぁ暇なことに変わりないけど。

「じゃあさ、私が君にこれから点字を教えてあげる。毎日」

「いやいいよ。毎日なんて来れないし」

「お願い！　私病院に缶詰め状態だからさ、暇なんだよ。暇な者同士助け合おうよ。ね？　お願い！」

「いやったらいや」

「お願いします！　この通り」

全力で嫌がる僕を差し置いて、顔の前で手を合わせ「お願い」のポーズをしてくる。

嫌だという雰囲気は声色にも出てるはずだけどそんなのはお構いなしだ。

僕は少しだけ、押しに弱い節があるのかもしれない。

あーもう。

「分かったよ。やればいいんだろ」

明らかに嫌そうな雰囲気全開でもやっぱり彼女には関係ないみたいで、

「ほんとに⁉　やった！」

そう無邪気に喜んでくる。

こうなってしまうと「やっぱり嫌だ」とは言えなかった。


「じゃあ手始めに……」

『⠿⠿ ⠂⠂ ⠂⠂ ⠿⠿』

「はい！」

スマホでタタッと手早く打って耳に近づけ、小さい音で何かを聞いて確認したあと点字表と一緒に差し出された。

スマホの画面と点字表、一文字一文字照らし合わせていく。

これがとんでもなく時間がかかる。

「ひ……い、ら……ぎ」

うんうんと相槌《あいづち》を打たれることに安心しつつ読み進めていく。

「……い、の……り？」

「正解！　私の名前。病室入る時に見たとは思うけど、柊《ひいらぎ》祈莉」

「スマホ触るの上手だね」

「慣れだけどね。今は問題出すために読み上げ機能の音量を小さくして、読み上げを聞いてから問題を出したけど、本当はもっと大音量で打ちながら音声流れるよ」

こんな風にね、と打ってみせると祈莉の指の動きに合わせて、シャドーイングのようにＡＩの声で「ひいらぎいのり」と音が流れた。

大変そうだなぁなんて呑気《のんき》なことを考えていたら、

「次、君の番」

へ？っとまぬけな声が出た。

「私、君の名前も年も性別も知らないよ？　知りたいな～。君のこと」

そう言ってコテンと首を傾けて小さく笑った。

焦点は〝君〟を指す僕に定まっていないけど。

「性別は分かるでしょ。声もそうだし〝僕〟って言ってるし」

「そんなの今の時代分からないでしょ？」

多様性を思わせる発言を少し横目に、「僕の名前は……」

そう簡単に自己紹介をすませてしまおうと思った時、

「ちょっとストップ！」

思いっきり遮られたことに少しイラっとする。

「なに」

「はい、これに打ち込んで？」

差し出された機械。

初めて見た。

「何これ」

「点字ディスプレイっていうの。これに打ち込んで、私が当てるから」

「普通に言った方が早いじゃん」

「細かいことツベコベ言わないで、ほらやってみてよ」

強い押しにひるんで、面倒くさいという感情をグッと飲み込み点字表を見ながら打ち込んだ。

これも結構難しい。

とんでもない時間をかけてやっと打ち込めたのは名前だけ。

「とりあえず名前だけね。時間かかって仕方ない」

「はーい」と返事をして僕の名前をなぞっていく。

「き、さ、ら、じ……り、か？」

「ん？」

「え？」

「違う」

「でもそうやって書いてある」

　そう言われてゆっくり見直すと、

『⠐⠣（ぎ）』と『⠐⠳（じ）』

『⠩（く）』と『⠡（か）』

　確かに間違えていた。

「あれ、よく見たはずなのに」

「あるあるだよ。似たの多いよね〜」

「名前は如月梨久。高校二年生。男」

　口で言えばこんなにすぐなのに。

「おっ、同い年だね〜。私はちなみに女ね」

　同い年？　正直びっくりだ。

　祈莉は少し幼く見えていたので中学生くらいかと思っていたから。

「点字を打つのってこれしかないの？」

　なんだか初心者には点字ディスプレイというやつはかなり難易度が高い気がした。

「いや、他にもあるよ。これとか」

そう言ってまた手元をスライドさせながらごそごそと何かを探している。

「これこれ。点字盤っていうの」

出てきたのは紙を挟むボードと定規のようなもの。そしてピンのようなものの三点セット。

紙をボードに挟んで定規を横一直線に設置。これが点字を書く時の道しるべになるんだって。そのまま点筆というピンで定規に沿って紙に押しつけていくと、紙の裏にぽつぽつと点字が浮かび上がっていくという仕組みらしい。

「これもあるんだけど、難易度は点字ディスプレイの方が簡単なんじゃないかな。こっちはたまーに針で指さしちゃって痛いから私はディスプレイ派」

へ～色々あるんだな。

自分で聞いといて心の中でそんな中身のない返事をしてしまった。

話題がなくなってしまって少し沈黙が続く。

なんか、気まずい。

「僕、帰るね」

「え、もう帰っちゃうの？」

「え、うん」

なんかまだしたいことがあったのか、言いたいことがあったのか、とても残念そうな顔をされた。

そんな顔をされると「それじゃあさようなら」と冷たく突き放すことに罪悪感を覚えてしまう。

「なに？　なんかまだあった？」

「ううん、大丈夫」

大丈夫、ではなさそうなことは分かる。

でもどうすれば本当に大丈夫になるのかが僕には分からない。

道の分岐点を手探りで進むように「明日も、来るから」そう言ってみた。

「ほんと⁉」

急にパッと顔が上がる。

どうやら正解だったらしい。

「うん、毎日来るんだろ。学校帰りになるけど、それでもよければ」

「全然大丈夫！　嬉《うれ》しい、ありがと！」

感情の起伏が激しい子だな。

ニコニコと笑っていることを確認して、

「じゃあまた、明日」

そう言って病室を出た。


それから一週間、僕は本当に毎日祈莉の病室に顔を出した。

自分にここまで行動力があったんだと驚くけど、三日もすれば学校終わりに病院に向かうことに違和感を覚えなくなった。

僕が祈莉から点字を教えてもらう代わりに、祈莉は僕から外の世界のことを学んだ。

高校はこういう場所だとか。

最近の流行りの映画はこんなんだとか。

ここ数日、流星群が話題になってることとか。

色々。

祈莉の反応を見ていると、病院に缶詰め状態で退屈をしているというのは本当らしい。

全てのことに瞳をキラキラさせて楽しそうに話を聞いたり、僕が点字を読み間違えたりするたびにケラケラと笑った。

そんな祈莉といるとちょっと楽しくなってきた。

『⠪⠒⠪⠒（高校）』

『⠪⠒⠳⠋⠴（甲子園）』

『⠇⠮⠴⠐⠳⠴（日本人）』

『⠳⠴⠈⠚⠩（新緑）』

『⠹⠵⠮（スマホ）』

『⠏⠽⠃（眠い）』


毎日毎日その日の話題とか、祈莉の気持ちとかをテーマに一問、問題が出される。

お互いが自分の障がいを忘れるくらいには楽しんでいた。

「あっそっか梨久君腕ないんだった」

なんて言って笑うのは多分この世で祈莉くらいだ。

皆気を使ってそんな風には言ってこない。

まぁこれに関しては祈莉も目が見えないというハンデを背負っているから口にできる言葉なんだろうけど。

僕自身も友達にそう言われたらちょっと反応に困る。

「梨久君考えごと？」

祈莉に声をかけられてハッとした。

「ん？　あぁごめん。ぼーっとしてた」

「そういう日もあるよね」

『眠い』と問題を出した日、祈莉は本当にすごく眠そうだった。

「眠いなら僕帰ろうか。眠い時に寝た方がいい」

んーと考える人のポーズをする。

考えごとをする時、ほんとにその格好する人いるんだ。

「じゃあ、お言葉に甘えようかな」

この感じ、僕らの言う眠いとはなんだかレベルが違う気がした。

目は薄開きだし頭もフワフワしてて話し方はいつものハキハキした感じじゃない。

「祈莉、大丈夫なの？」

「ん？　うん、大丈夫だよ。ただ眠いだけ。心配しすぎだって！　明日も来てね」

僕よりちょっと左を見て言うから少しそっちにずれて、僕が祈莉の視線に入るように移動する。

「分かったよ。明日もちゃんと来るから」

「ん、バイバイ」

「うん」

わざと椅子を強く引いて祈莉に「立った」ということを知らせる。

毎日病室に来ているおかげかどうしたら祈莉に分かりやすいのかが、分かるようになってきた。

足音もわざと少し大きめにして「じゃあね」と言って病室を出る。

やっぱり眠たそうにパラパラと手を振る祈莉はもはやほぼ目が開いていない。

帰り道ぼーっと考える。

なんであんなに眠そうだったんだろう。

僕は医者でもなんでもないからいくら考えたって分かるわけがなくて。

昨日はあまり寝られなかったのかな。

なかば強引にそう結論づけた。

人間そういう日もあるだろ。


いつも通り病室をノックしてみるけど返事がない。

病院は心なしか慌ただしい気がした。

僕も病院の人と顔見知りということもあり、特別に受付をしなくても祈莉の病室に行ってもいいことにしてもらっている。

だからなんで慌ただしいのか、なんで祈莉の声が返ってこないのか、そのヒントを得ることはここまでの道のりでできていなかった。

「祈莉、入るよ」

一応一言声をかけドアを開けてみるけど、そこには誰もいなかった。

誰もいなかったどころかいつも祈莉が寝ているベッドもない。

本とかはそのままだけど、いつもの病室ががらんとして見える。

なんかちょっと、嫌な予感がした。

——ガラガラガラ

勢いよくドアが開かれ、男性一人と女性二人が入ってきた。

お互いバチっと目が合い、びっくりしてしまう。

「どなたでしょう」

不審そうにそう聞かれて戸惑ってしまう。

僕は祈莉のなんなんだろう。

たかが出会って一週間とかそこらの関係。

友達というにはおこがましいか。

この状況に似あうマシな言い訳が全く思いつかない。

「もしかして梨久君?」

知らない、分からないだけの空間に知っている情報……というか自分の名前がいきなり浮かび上がった。

「あ、はい。そうです。あの……」

なんてさらに動揺してしまう。

「やっぱりそうなのね。祈莉の母です」

とても丁寧な方だった。

「君が梨久君か。初めまして。祈莉の父です」

「姉です」

三人が僕に向かってお辞儀をするから、無駄に改まってしまって、
なんて僕も頭を下げる。

「如月梨久です」

「祈莉からよく話は聞いていました。私たちは夜に病室に来るから今までお会いしなかったのね。いつかお話したいと思っていたの」

「祈莉が僕の話を？」

「ええ、あなたの話をするようになってからあの子、とても生き生きして私たちも嬉しかったんです」

目をフッと細めてそんなことを言ってくれるものだから、

「いえ、そんな、僕は何も」

と小さく首を振ってしまう。

僕はただ、祈莉に点字を教えてもらってるだけだし。

生き生きだなんて大げさだ。

「お母さん。祈莉のこと、ちゃんと梨久さんに話した方がいいんじゃない？」

祈莉のお姉さんと名乗った方がそう言った。

「そうね。梨久君、ちょっと外でお伝えしたいことがあるの。時間は大丈夫？」

「はい、大丈夫です」

そう答えて四人で病室をあとにして、病院の中庭のベンチに座る。

三人ともすごく穏やかそうな人たちでちょっと安心した。

よそ者が祈莉に近づくな、なんて言われてしまったら僕はどうすることもできない。

椅子でテーブルを挟む形で祈莉の家族、そして僕が向き合って席に着いた。

「祈莉からなんて聞いてるか、教えてもらっていいかな」

祈莉のお父さんに尋ねられる。

「目が見えなくてずっと病院にいるとだけうかがっています」

その言葉を聞いて三人とも「やっぱり」とため息交じりに目を合わせた。

「祈莉が今日病室にいないのは少し病状が悪化したからなの。最近調子よかったんだけど、昨日の夜から急にね」

〝病状の悪化〟

その言葉が変に胸につっかえる。

「祈莉は昨日、とても眠たがっていました。それとは何か関係があるんですか？」

「それが直接的な原因ではないけど、病状の悪化に伴って祈莉の身体が無意識のうちに疲れてたんだと思う。梨久君に原因があるわけではないから安心してほしい」

肩が少しだけ軽くなったのを感じた。

僕が知らない間に祈莉に無理をさせていたんじゃないかと、話を聞いてからずっと不安だったから。

「祈莉は今別室で特別治療を受けています。いつ出てこれるかは分かりませんが体調が回復したら祈莉の方から連絡をさせるので梨久君の連絡先、貰ってもいいかしら」

「もちろんです」

そう言えば祈莉と連絡先を交換していなかったなと今さらになって気がついた。

スマホを出して祈莉のお母さんと連絡先を交換する。

アイコンには幼い祈莉とお姉さんが元気よくピースをしている写真。

祈莉の目は少しブラウンがかっていてお姉さんとそっくり。

今の祈莉の目とはだいぶ違って見えた。

「梨久君、君が祈莉とこれからも一緒に時間を過ごしてくれるのなら、少しばかり祈莉のことを知っていてほしいんだ」

僕がうなずいたことを確認して、祈莉のお父さんはこれまでのことを語り始めた。

＊＊＊＊

祈莉は、普通の女の子でした。

無邪気で、元気で、明るくて、かわいらしい。

そんな娘でした。

友達も多くて、幼稚園では劇の主人公を演じるような活発さもあって。

なのに、忘れもしない。

あれは祈莉が五歳の時。

祈莉が急に発熱し、急いで病院へ連れていきました。

最初こそ僕たちもただの熱だろうと、軽い気持ちでいました。

「お熱下がったらアイスクリーム食べに行こうね」なんて話して。

病院の先生も特にたいしたものではないだろう、と普通の解熱剤を貰って家で安静にしていたのですが……。

祈莉の熱は全く下がらず、それどころかどんどん上がり呼吸も荒くなっていよいよ苦しそうにゼエゼエと声を上げるように。

急いで大きな病院を探しました。

夜も遅かったので受け入れてくれる病院を見つけるまでに長い時間をかけてしまった。

ようやく見つけた受け入れ先。

「最期になることも覚悟しておいてください」

嵐山先生が僕ら家族に放った最初の言葉はそれでした。

生きた心地がしなかった。

祈莉が生死の境を行き来している一週間。

それは僕らにとって人生で一番長くて苦しい一週間でした。

それでも祈莉は強くて、しっかりと戻ってきてくれて。

祈莉の熱が下がり、皆で奇跡だと手を叩《たた》いて喜びました。

でもある日突然、

「お母さん、ずっと目がぼやぼやする」

そう祈莉が言い始めました。

検査をすると、祈莉の視力は極端に下がっていました。それからも、度数に合わせて何度メガネを作ってもどんどん見えなくなっていったんです。

〝原因不明〟

四文字、そのたった四文字にどれだけ苦しめられたか。

僕らでも苦しかったんだ。

祈莉はもっと苦しかったに違いない。

それでも人に心配をかけまいとする祈莉は学校に通うと言いだし聞かなかった。

「私は大丈夫だから」「普通だよ。なんの心配もいらない」

当時六歳の祈莉が僕らのために言った言葉です。

大丈夫なわけないのに。

大げさに明るくふるまって「行ってきまーす」なんて元気に手を振って学校に行くあの子の背中を思い出すと、今でも涙が出てきますよ。

祈莉には学校に〝親友〟と呼べる友達がいたみたいなんです。

その子たちの話は僕らもよく聞いていて、楽しそうに話す祈莉を見て安心していたんです。

でも、いつからかその子たちの名前をぱったり聞かなくなりました。

「学校どうだった？」

そう聞いてみても、

「いつもどーり」

とグッドサインを僕らに見せるだけで、多くを話さなくなった。

ある日、たまたま見つけた祈莉の日記にそのすべて答えがありました。

祈莉の心にとても大きくて深い傷をつけたようで、その時のことがとても細かく書いてありました。

祈莉がトイレに入っていると、その子たちの会話が聞こえてきたみたいで

「正直さ祈莉ちゃん、ちょっとめんどくさくない？」

「え、分かる。私も授業集中して聞きたいのに」

「そうなんだよね。いちいち祈莉ちゃんのせいで授業止まったりノート見せてあげたりさ、こっちも疲れてくるよね」

「めっちゃ分かる〜。目が見えないならそういうクラス行ってほしくない？」

「ほんとそれ、こういうこと言うのはいけないって分かってるんだけどさ。毎日我慢

してる私たちだってたまにはストレス発散しないと」

「先生たちも私たちのこと頼りすぎなんだよね。結局自分たちだって面倒なだけでしょ」

そして、

「こういうのってショウガイってだけですぐこっちが悪者になるからほんと勘弁してほしい」

そう吐き捨ててトイレをあとにしたんだと。


祈莉はショックでした。

ただ、ショックで。

自分だってずっと、申し訳ないと思っていたのに。

それを表に出しては皆に気を使わせるだろうし、失礼だからとずっと笑顔で明るく生きてきたのに。

あの子たちと一緒なら頑張れると思っていたのに。

でも、そう思っていたのは祈莉だけで。

「私は私の知らないところで人に嫌われていたんだ」

「迷惑をかけていたんだ」
「ストレスを与えていたんだ」
一度そう思ってしまったら止まらなくなってしまったみたいで。
皆の顔がお面を被ったのっぺらぼうみたいと書いてありました。
〝祈莉ちゃんの目の色、かわいい！〟
〝祈莉ちゃん大好き！　ずっと味方だからね〟
全部全部嘘だったんだ。
祈莉の心にぽっかりと穴が空いてしまった。
祈莉は笑顔でした。
ずっと笑っていました。
それこそ笑顔のお面を被ったように。
心は閉ざしたまま。
自分の辛いという気持ちは全部自分の中にしまい込んで。
祈莉が心を閉ざしてしまった十日後、祈莉が九歳になって十日後、祈莉は倒れました。
次に目を覚ました時、祈莉の世界は真っ暗になってしまった。

追い打ちをかけるように言われた言葉は。

「もってあと、五年でしょう」


十四歳の誕生日。

病院にこもりっぱなしの祈莉に、最後だと思われていた誕生日がやってきました。

特別にはしないように、でもしっかりと噛《か》みしめて、それが祈莉に伝わらないように小さな誕生日パーティーを病室で開きました。

皆が覚悟を決めていた。

でも、祈莉は生き延びました。

それが僕らにはどれだけ嬉しくて、祈莉にはどれだけ辛かったか。

ロウソクに灯る火のように、いつか急にふっと消えてしまうんじゃないかと思いながら祈莉は十五歳になり、十六歳になり、十七歳になりました。

時には強風が吹いたこともあります。

そのたびに僕たちと病院の先生たちは、まだ消すまいと、まだその火を見ていたいと手をかざしてきました。

それでも祈莉は生きることにうんざりしているようでした。

原因不明の何かは祈莉の目だけでなく脳にも広がり、本当にいつ最期が来てもおかしくない状況だったのにも関わらず、祈莉は急に元気になりました。

生きる希望なんて全くない。世界に絶望しきっていた祈莉が急に。

そしてあの頃の笑顔で、無邪気にある男の子のことを話すようになりました。

その男の子の名前は如月梨久。

梨久君と出会って祈莉は生きたいと思うようになりました。

梨久君が教えてくれる外の世界のことが楽しくて仕方ないみたいで、抑えきれない興奮を僕たちに伝えてくれました。

その様子が本当に微笑ましくて、愛おしくて嬉しくて。

祈莉のロウソクの火が強く輝いている瞬間をもう一度見ることができたのは、梨久君、君のおかげなんです。

＊＊＊＊

祈莉のこれまでの人生がダイジェストのようにして頭の中に流れてくる。

衝撃だった。

祈莉はいつも笑っていたから。

でもその笑顔の裏にはこんなにも辛くて悲しい事実が隠されていたなんて。

僕は祈莉の笑顔に多少胡座をかいていたのかもしれない。

祈莉は今、奇跡を生きているんだ。

話せている時間をもっと大切にしなければならない。

かけがえのない時間を僕は祈莉から、祈莉の家族から貰っているんだと実感した。

祈莉はもう、いつ死ぬか分からない。

もしかしたらもう、会えなくなるかもしれない。

怖かった。

昨日まで当たり前のようにあった命が、急に手から零《こぼ》れ落ちて消えてしまう恐怖を感じた。

こんな恐怖と、祈莉とその家族は八年も闘っている。


〝闘病〟って言葉の意味を考えたことがあった。

テレビで取り上げられている彼らはいったい何と闘わされているのか、何と闘う必要があるのか、僕にはわからなかったけど、その言葉の意味が今少しだけ分かった気がする。

「お話しいただいてありがとうございます。祈莉からの連絡を待っていますね」

「うん、待っててあげて」

三人にお辞儀をして帰路につく。

祈莉のために僕に何ができる？

どうしたら祈莉の仮面を外せるのか。

どうしたら見ることができるのだろうか、祈莉の本当の笑った顔を。


ずっと考えた。

家でも学校でも祈莉のことを考えた。

そればっかり考えて塩と砂糖を間違えて入れたり、数学の時間なのに現代文の教科書を開いていて怒られたりもした。

誰か特定の人に関して深く考え込むことが今までなかったから、体と脳みそが悲鳴を上げる。

出会って間もない人のことをこんなにも考えるのは、これは異常だろうか。

知らず知らずのうちに僕の中で祈莉という人物の存在がすごく大きなものになっているのかな。

考えるってこんなに疲れる行為だったんだ。

繊細な人が毎日を大変そうに生きているのにもうなずける。

SNSを見漁って祈莉と似たような境遇の人がいないか調べたりエッセイ本を読んでみたり。

考えて、考えて、考えて、考えたけど答えは出ない。

毎日、毎日、祈莉からの連絡を待ちながら。

「如月最近よくスマホ見てるね」

なんて同級生に突っ込まれることもあった。

「彼女できた?」とか「マッチングアプリ?」と茶化されるのを「そんなんじゃないよ」と冗談交じりに返す。

そんなどうでもいいようなことと一緒にされたくなかったけどそんな気持ちはグッとこらえて。

考え続けた。

僕に、できること。

でも僕が答えを出すより先に、
祈莉の家族と話して二週間後。

▽明日、会える？

祈莉から連絡がきた。

RGB

128 0 128

CMYK

65 100 18 0

第四章

痛み

#800080

その連絡に気がついたのは六限の体育の授業前、更衣室でまだ着替えている〝友達〟を待っている時だった。

本当は今にでもここを飛び出して病院に向かいたいところだけど、そうはいかないのが学校だ。

体育が終われば今日の授業は終了。

体育なんて一番受けても意味がないのに。


今日の授業はマット運動で、僕は危ないからと強制見学。

皆がマットに両手をついてグルグル回っているのをぼーっと眺めるだけの時間を過ごす。

こんなことならてきとうに仮病でも使って早退すればよかったけど、早退するともれなく父さんに連絡がいってしまう。

それはなんとなく避けたかった。


「ねぇいつもこういう時何考えてるの?」

なんの脈絡もなくかけられた声に、意識より先に視線が動く。

指先まで裾で隠しているのにズボンは半パンで、暑いのか寒いのか分からないそいつは、たしか……。

名前、なんだっけ。

紫色のヘアゴムでくくっていた髪の毛をほどきながらそいつは聞いてきた。

肩下まである髪の毛をわざわざくくっていたなら、体育の授業を受けるつもりだったんじゃないのかな。

「私も見学なの」

相変わらずグルグル回ってる皆を遠い目で見ながらそう言う彼女はなぜかこちらを見ずに話し続ける。

一瞬僕に話しかけてるのか不安になったくらいだ。

「ごめん、えーと」

クラスメイトのことなのに何も分からなくて申し訳なくなる。

誰なのか、なんと呼べばいいのか、この人のパーソナルスペースはどうなっているのか、なんで見学してるのか。

「梨久君、私の名前分かる？」

「同じクラスの、」

「そりゃそうだ。体育一緒に受けてるんだから。同じクラスの？」

少し呆れたような声で初めてこちらを見た彼女と目が合うけど、やっぱりピンとこない。

「ごめん分からない」

「だろうね」

「…………」

「清水菜々《しみずなな》」

しみず、なな……だめだピンとこない。

「なんで体操服まで着て、体調が悪そうなわけでもないのに見学してるんだろう。てゆうかこの人のパーソナルスペースってどんなもん？って思ってる？」

心を読まれた？　それともただの勘？　胡散臭《うさんくさ》い心理テストのように、知らぬ間にそう考えるように操作されていた？

皆はマットをグルグルしてるけど、僕は頭の中をそんな疑問がグルグルしていた。

「まぁ少し、思った」

「私、人よりも人のことに敏感なんだよね」

「敏感？」

「うん。この人こんなこと考えてるんだろうなとか、この人は今こんな言葉がほしいんだろうなとかがなんとなく、分かる」

言葉だけ聞くとなんかちょっと、痛い子だと思ってしまうけど彼女の持つ冷《さ》めた雰囲気が言葉に変に信憑性《しんぴょうせい》を持たせた。

「梨久君はさ」

なんだか、無言の空間にならないようにしているみたい。

たまにいる〝無言が苦手な人種〟。その人たちってなんか一生懸命話題を提示してくるけどよくそんな話す内容あるよなってちょっと尊敬する。

「こういう時、なんか寂しそう」

「寂しそう？」

寂しいなんて感情、最近あったかな。

自覚がない。

「うん、だから私、今日見学した」

「どういうこと」

意味が分からない。

仮に僕が寂しかったとして、清水が見学することにつながらないと思うけど。


「一人じゃ寂しいかなって」

なんかてきとうだなこの子。

その言葉を合図にしたみたいにチャイムが鳴ってお互い〝友達〟のもとへ戻っていった。


ドアの前に立って小さく深呼吸する。

久々だ。

いつもと変わらないノックをする。

「はーい」

元気な声が聞こえてきた。

「久しぶり。梨久だよ」

「梨久君！　久しぶり！　元気にしてた？」

「うん。身体、大丈夫？」

「平気平気」

祈莉の視線の先に椅子を持っていって座る。

「心配したよ。急だったから」

「心配してくれたの？　嬉しい。私はね、体調良くなったら梨久君と何しようかな～って考えてた」

ルンルンで言うから少し安心する。

「じゃあその考えていたことをしよう」

そう言うと次は満足そうな顔をしてピンっと人差し指を立てた。

「今日はね、梨久君に問題を出します」

そう言って手探りで本棚の本をスーッと辿り、一冊明らかに飛び出してる本を手に取ってこちらに向ける。

いつも祈莉が読んでいる本よりかなり分厚めで厚紙っぽい質感。

「何？　これ」

「写真集だよ」

ページをめくると点字どころか文字は一文字もなくて、ただただ風景の写真が載っていた。

その一ページ目の写真を指さして、

「これを私に伝えて」

試すような物言い。

「伝えるってどうやって」

「そりゃ言葉で。私がこの写真を頭で想像できる感じでよろしく」

「よろしく」ってそんな簡単に言うけど、来て早々難しすぎるだろ。

写真を眺めてみるけど、いい伝え方なんて全く思いつかない。

とりあえず、手探りで言葉を並べてみるか。

「え、うーん。空がオレンジで……海が、本当は青だと思うんだけどこの写真だと空が反射して、あ、時間帯は多分夕方くらい……。オレンジ？　いや、これ何色だよ」

祈莉が腹を抱えて爆笑した。

「まってまってなんにも分からないんだけど」

「いや、これ難しすぎるから」

「はぁー笑った〜。いきなりかましてくるね」

「かますって……。僕はいたって真剣だよ」

「真剣だから余計に面白いんでしょ」

まだ思い出したようにフフフと笑う祈莉は、

「私にこれが伝わるくらい上手になってね」

そう言ってニヤッと悪い顔をした。

うわ〜意地悪そうな顔で笑うな〜。


「この二週間梨久君は何してたの？」

急に変わった話題に「なに、か」と反復するけど、してたことというと一つだけかな。

「祈莉のために何ができるのか考えてたよ」

さっきまで悪い顔をしていたのに急にちょっとびっくりしたような顔をして少し視線を外したあと、またフッと笑ってきた。

僕は椅子をずらす。

「梨久君ってたまに、急にドキッとすること言ってくるよね。答えは出たの？」

「いや、さっぱりだね」

「考えてくれてたっていう過程が嬉しい」

そういうものなのだろうか。

僕は結果のない過程は無駄だと思ってしまうタイプだからその言葉に多少の意外性を感じた。

「じゃあ、私が考えてあげる」

そう言って、しばらく沈黙が続く。

斜め上を見て瞬きを二、三回。

少しだけ目線を下げてまた目線を上に戻す。

真剣に考えてるんだなってすぐに分かった。

「あ」と小さく顔を上げた祈莉の目を見る。

「ずっと、そばにいてほしいな」


「へ？」

まぬけな声が出た。

急にドキッとすることを言うのはお互い様だと思うけど。


「ずっとそばにいて、私の世界に色をつけて」


まっすぐな目でそう言われた。

僕が祈莉の世界に色をつける。

簡単に言うけどとても難しくて大きなことだった。

でも、祈莉の世界に色をつけてやりたい。そう思った。

「分かった」

祈莉は嬉しそうに笑った。でもどこか自信がなさそうなのは、

〝ずっと〟

この言葉のせいかな。


「お母さんから聞いたけど梨久君、私の昔の話聞いたんでしょ？　も〜うちの家族心配性だし過保護なの。私、余命のことはもうちょっと梨久君と遊んでから、自分から話したかったのにな〜」

頬杖をついてムッとした表情で問うてきた。

「うん、聞いた。僕はあのタイミングで知れてよかったと思ってるよ」

「ほんと？　ならいいんだけどさ。じゃあ、今度は梨久君の昔の話聞かせてよ」

「僕の昔の話？」

「そう。どんな子供だったとか、そういうの」

僕の昔の話か……。

僕はどんな子供だっただろうか。

「僕は普通の子供だったよ」

「もう、面白くないな〜」

ぷくっと膨れる祈莉に「質問してよ。答えるから」と主導権を渡した。

「じゃあ、幼稚園？　保育園？」

「幼稚園」

「お遊戯会はどんなのしてたの？」

「何したかな。どこかの学年で『ジャックと豆の木』の魔法使いやったよ」

「え、物語のキーマンじゃん」

「僕のセリフ〝その牛と私の豆を交換しておくれ〟だけだよ」

「十分だね」

祈莉はアナウンサーにでもなったように手でマイクの形を作って僕にインタビューした。

「梨久君の過去のテスト最高得点は？」

「そりゃ簡単なのもあるから百点じゃない？　小テストとか」

「すみませんね、例外が近くにいて」

僕の方を見て次はむすっとした。

「ごめんごめん」となだめてまた質問再開。

「委員会は？」「不人気だった保健委員」

「運動会は何出たの？」「綱引き」「あー妥当だね」「でしょ？」

「好きな子いた？」「あいにく」

「表彰されたことある？」「テストで一年間学年五位以内に入り続けると貰える賞は貰ったことあるよ」

「梨久君秀才なんだね」

そううなずく祈莉が一瞬だけ作った間で、次の質問が本命なんだと分かった。

「腕がなくなったのはいつ？」

さっきまでの質問となんら変わらず聞いてくるから僕もなんら変わらず答える。

「中学三年生の時」

「何があったの？」

「交通事故」

「轢《ひ》かれたってこと？」

「僕が悪いんだ。謙遜とかじゃなくて本当に」

「僕は、人殺しだ」

「人殺し？」

「一人殺して、一人とその家族の人生をめちゃくちゃにした」

「梨久君もめちゃくちゃになった？」

「僕は自業自得だよ。僕のせいで父さんが抜け殻みたいになっちゃって、皆は僕を腫物みたいに扱うようになった」

自虐的に言う僕を祈莉は慰めるだろうか。

それとも最低なやつだと軽蔑するだろうか。

「でも、梨久君だって死にたくなるくらいにはしんどかったんだよ」

しんどかったのかは分からない。

僕がしんどがっていいのかが分からなかったから。

「腫物のように扱われて、父さんともたくさん言い合いして、生きることに極端に疲れたんだ。皆からの対応が変わって居心地が悪いことばかりだったけど、本当は罪悪感とか疎外感とかそういうのからも逃げたかったのかもしれない」

話し終わって、ちらっと祈莉の方を見る。

「ねぇ、梨久君。最後の質問ね」

なに？と聞き返す。祈莉は窓の外を見ていた。

「今、世界は何色？」

さっきまでと違う弱くて小さな声。

この質問が話のピリオドなのか、それとも祈莉には大切なものなのか。

とりあえず窓の外をのぞいて、外の世界を見る。

「世界の色……。オレンジの夕焼けだよ。ちょっと端っこピンクっぽいけど」

さっきみたいに陳腐な説明だけど祈莉は馬鹿にしてこず、小さく微笑んで一枚の小さな紙を渡してきた。

そこには点字で一文だけ書かれていて。僕にはまだすぐになんと書いてあるかは分からなかった。

「これは……」

「それ、私の一番好きな言葉。梨久君、生きててくれてありがと」

一つの恥じらいもなく言ってくる祈莉の目から目が離せなかった。

〝生きててくれてありがと〟

いいんだろうか。僕が生きていて。

いいんだろうか。僕がこんなきれいな言葉を貰って。

するといつもみたいに弾んだ声に戻って、

「いつ死ぬのか分からないのは私も梨久君も同じだよ。人間何があるか分からないからね。似た者同士、一生懸命生きようよ」

似た者同士、か。

確かに、僕だって今日の帰り道車に轢かれて死ぬかもしれない。

僕らは今日までたまたま生き抜いただけ。

「まぁ一つ違いがあるとすれば余命過ぎてる私は余命∞《無限》。君は余命未知数ってことかな」

「意味分かんないよ」

祈莉の意味不明な冗談に二人でクスクス笑った。


家で点字表と祈莉に貰った紙を並べ、解読する。

『⠄⠕⠳⠄ ⠳⠴⠐⠕ ⠁⠞⠐⠟⠾ ⠃⠣⠝⠐⠝⠫⠕⠃』

「私は死んだあとでも生き続けたい」

どういう意味なんだろ。
この言葉で祈莉は何を感じたんだろう。
この言葉と出会った時の祈莉の心境は？
分からなかった。
死ぬことへの恐怖？
この世への未練？
でもそうなら「好きな言葉」と僕に渡してくるだろうか。

もし、病気にならなければ。

僕がもし腕があればと思う時、それはどんな時だっただろう。
やっぱり祈莉は心のどこかで病気になったことを後悔しているのかな。
認めたいけど認めきれない葛藤。
それを言葉にしてくれたのがこの文だったのかもしれない。

あぁ、父さんが帰ってきた。僕が出したこの結論に少しの引っかかりがぬぐえないまま、仕方なくその紙を貰った写真集に挟み本棚にしまった。

RGB

255 192 203

CMYK

0 36 11 0

第五章

友情

#FFC0CB

あれから僕は定期テストや学校行事、祈莉は小さな検査などでお互い何かと忙しかった。

祈莉と出会った頃はまだそよ風が気持ちいい季節だったのに、今じゃ蝉《せみ》が必死にプロポーズ中。

なのに教室は冷房がガンガンにつけられていてむしろ寒いくらいだ。

女子の中にはカーディガンを羽織ってる人もいる。

昼休憩に入り、別に誰かと一緒に食事をしたいタイプではないのでそそくさとご飯を食べ終わり写真集を広げてみる。

実は今日、いつも使っているブックスタンドを忘れてしまって不便極まりない。

教科書も押さえていないとパタンパタンとページが閉じて、筆箱とかで押さえると文字が読めなくてイライラする。

案の定写真集も同じで、少し手を離すとすぐに閉じてしまってじっとしてくれない。

くっそ、今すぐ家にブックスタンドを取りに帰りたい。

「はい、押さえててあげる」

写真集を見る視界ににゅっと手が伸びてきて片方のページを押さえた。

「あ、ありがと。清水、さん」

こないだ体育を一緒に見学した清水さんだ。

しゃべったのは本当にあの一回きりで、僕があの時彼女のことを名前で呼んだのか、呼んだとしたらなんと呼んだのか、そんなことすら思い出せない。

清水さんって呼んだっけ。清水って呼んだっけ。

「急に距離感。清水でいいよ。なんなら菜々でいい」

「じゃあ清水で」

僕の返答に少しだけムッとした表情を見せたけど、僕と目が合ったことに気がついてすぐにいつもの冷めた顔に戻った。

「皆冷たいのね」

クラスを見渡しながら言う。

冷たさでいったら清水もあまり人のことは言えないように感じるけど。

「梨久君、授業中ずっと困ってたのに誰も手を差し伸べない」

冷たいってそういうことか。

「別に助けてほしくて教科書をパタパタしてたわけじゃないから」

「分かってるよ。迷子の子供だって助けてほしくて泣いてるんじゃないでしょ？　不安でお母さんが居ないことが怖くて泣いてる」

「迷子の子供と一緒にされるのは心外だな」

「例えばの話。梨久君もしかして頭固い？」

なんか馬鹿にされて腑《ふ》に落ちない。

言い返す気にもなれなくて黙ってしまえば、多分清水の嫌いなんであろう無言の時間がやってくる。

清水が次の話題へと口を開きかけた時だった。

「まじでさー昨日の試合はひどかったよなー」

野球部だ。

「まだ言ってんの。しゃーない。ああいう日もあるって」

「思うように投げれないんだよなぁ。腕が言うこと聞かないって言うかさ」

「スランプ的な？」

「うーん、わかんね。ピッチャー降ろされたらどうしよ」

「大丈夫だろ。思いつめすぎ」

「あーまじでさー」

「こんな腕なら、無い方がマシだわ」

「…………」

おい、誰かなんか言えよ。

なんで静かになるんだよ。

僕が居なかったら冗談で終わった話だろ。

ちらちらこっち見て小声で「おい」とか言って。

言ったお前も「あ、わり」じゃないんだよ。

いいじゃん。ただの愚痴だろ？

好きなように言えばいいじゃないか。

そんなことで傷つくとでも思ってんのか？


「き、如月はさ夏休みどっか行くの」

さっきまでべらべらとしゃべっていたくせに。

気まずそうに言葉が詰まるそいつは、へたくそな笑いを浮かべてこちらに話を振ってきた。

こういう時どういうテンションで答えるのが一番最適なんだろ。

自分の中にある言葉の辞書をパラパラとめくってみる。

これじゃないな。これでもないな。あーこれが無難かな。

「どこ行くかな〜。彼女でもいればなぁ。な？」

何かに安心したように不自然に口角を上げて、

「だよな〜！　彼女な！」

「如月も欲しいんかよ〜」

「彼女いれば違うよな〜」

と口々に言いだした。

なんだ、この偽りの空間。

寒気がする。


「寂しく男だけでプールとか、行っちゃう？」


しーん。

頭の悪さにため息が出る。

「おい、如月にプールは、あれだろ」

「え？　あ、あぁそっか。ごめん」

〝あれ〟ってなんだよ。

なんでお前も〝あれ〟で通じるんだよ。

別にプールくらい行こうと思えば普通に行くさ。

行こうと思わないだけで。


「梨久君、行こ」

いきなり清水が必要以上に大きな音を立てて席を立ち、僕の手を引いた。

「行くってどこに」

「どこでもいいから」


「あんたたち、ほんと最低だね」

清水は野球部たちにそう吐き捨て、僕の手を強く引いて教室を出た。

今頃あいつらは僕の話題で盛り上がってるだろうか。


めんどくさくね。

疲れるよな。

なんでこんな気使わなきゃだめなん？

僕は格好の獲物だろう。


手を引き続ける清水を止めた。

驚いたように振り返る清水に、

「もういいよ。ありがと」

短く言った。なんでか目が見れない。

情けないのか。自分のことが？　素直になれないところが？　こうやって守られてることが？

腕が、ないことが？

「あのままあんなところにいたって梨久君が辛いだけ」

辛いんだろうか。

だとしたらなんで辛いのか。

分からない。

「いいんだよ。我慢しなくて」

我慢、してるんだろうか。

何を？

清水の言葉が何一つストンと落ちてこない。

自分が、分からなかった。

「……教室戻ろう。次の授業始まる」

まぁもうすぐ夏休みだ。

しばらくクラスのやつとは顔を合わせなくていい。

一か月も空けば、またなかったことにして普通にすればいい。

今は、それでいい。

自分の中にあるモヤモヤを無視して、合ってないパズルのピースを無理やり押し込んだような空間に再び飛び込んでいった。


「もうすぐ夏休みに入るけど、その前に決めておきたいことがある」

今日の最終限、総合の授業では担任の先生が授業をする。

さっきのことでなんとなく居心地が悪かった僕は、そう言う先生の声を横に置いて窓の外を見るしかなかった。

なんだよ、決めておきたいことって。

「探求のこと、皆忘れてないだろうな」

先生はニヤニヤ声で得意げだ。

生徒が「えー」とか「うわー」とか「最悪ー」とガヤガヤしているのを待ちわびてたみたい。

先生ってそういう節あるよな。

テストとか面倒な課題を生徒が嫌がるって分かっててわざと「とっておき」みたいな感じで出してくる。

ざわつく生徒を「まぁまぁ」となだめて探求の説明が始まった。

探求とはテーマに沿ってそれについて調べて、考えて、まとめて、最後に発表か掲示をするもの。

本来であれば一人一個調べてきてほしかったらしいけど、時間とかの都合上三人から五人のグループになって研究していくんだと。

「その班決めとテーマ決めをこの時間でやっちゃうから。じゃあもう好きなやつと班組んでけ〜。三から五人だぞ〜」

先生は椅子に座って伸びをしながらそう言った。

いいよな、言う方は楽で。

〝好きな人〟がいない人のことなんか考えてもないんだ。

クラスのうるさい、いわゆる一軍とか言われるやつらはそれでいいんだろうし、逆にそうじゃなかったら文句垂れ流しで多分そっちの方が先生的には面倒くさいんだろ。

　この世は声が大きい人たちの意見ばかりが採用されるようにできてるんだ。

ため息一つ。

「如月、一緒にやらね？」

その声に「え？」と声が出るより先にバッと声の方を向いてしまった。

「うお、びっくりした。なんだよ先生の話し聞いてなかったパターンか～？」

僕の前には三人。

一応移動教室とか体育の着替えとかを一緒にやってくれる人たちが立っていた。

でも、義務的にやってくれてるだけだと思ってたから、声をかけてくれたことに過剰にびっくりしてしまった。

「あ、いや。声かけてくれるって、思わなかったから」

目がビー玉になる僕を見て「なんだそれ」「片思い中の乙女かよ」と僕をバシバシ叩いた。

あれ、なんだろ。

なんだかよく分からない感情に、身体がむず痒《がゆ》かった。

「ねぇ、私も入れてよ」

その声に次は四人の視線が声の方へ向く。

「清水？」

「そう、清水。だめ？」

無の顔で少し顔を傾ける清水に、

「いや全然いいんだけどさ。その……」

一人がそう言い、皆でちらっと女子の方を見る。

明らかにひそひそ何か言われてるけど、いいのかな。

「私、いつも六人グループなの。誰か一人抜けないといけなかったから」

「他の女子は？」

そう聞いて、清水の顔が少し曇った。

ガヤガヤとする教室で清水と、他の女子たちの間だけ静かで、大きな溝があるように感じた。

「友達、いない」

僕もつい数分前まで、こうなるはずだったところをこいつらに救ってもらった。

だから「いい？」そう聞いてみた。なんとなく僕が決定するのは違う気がしたから。

「全然いいよ」

そう言って一人が親指をグッと立てる。

「じゃあ俺らも早くテーマ決めしちゃおうぜ」

机をくっつけて班を作る。

班のメンバーは辻岡《つじおか》、鈴木《すずき》、青山《あおやま》、清水、僕。

積極的な辻岡を中心に成績優秀な鈴木が意見をうまくまとめて、清水がそれに助言する。

青山は想像力豊かなやつだから、僕らには思いつかなかった案がどんどん出てくる。なかなかいい班だ。

僕は書記してるだけだけど。

二十分もしないうちにテーマは「歴史」に決まった。

色んなこと、ものの歴史を調べて体験したり触れたりする。

それを比較しつつ共通点や相違点を探し出しまとめるというような形に落ち着いた。

夏休みという長期休暇だからこそできるいいテーマだと思う。

「なんか、普通すぎる？　大丈夫？」

青山が、まとめた紙を見てちょっと不安そうに言うけど、

「いいんだよ、奇をてらうと後々しんどいし。そういうのはあいつらがやってくれる」

さりげなく親指を指す先には〝いわゆる一軍〟たち。

「それもそうか」

良い感じにまとまったところでチャイムが鳴り、その日の授業は終わりを告げた。

なんとなくめまぐるしかった一学期を終え、ようやく夏休みに突入。

今日は久々に祈莉の病室に足を運ぶ。

道中、大きなヒマワリが咲いていて、太陽に向かって顔を上げていた。

これを祈莉に説明するならなんて説明すればいいんだろう。

まず、高さは僕の身長より頭一つ分くらい高い。

すごく立派なヒマワリで茎の太さは僕が親指と人差し指で丸を作った大きさとほぼ同じくらい。ちょっとだけ茎の方が太いかも。

でもこのまま伝えても僕の作った丸の大きさは祈莉には分からないか……。

実際に触れてもらう？

今まで幼稚園とかでヒマワリの絵を描いてきたけど、使う色と言えば茎に緑、花びらに黄色、種に茶色の三種類だけ。

でもよく見ると葉っぱは裏と表では少し色が違う。

葉脈も鉛筆でシャッシャと描いてしまうことが多かったけど、白っぽかったんだ。

花びらに関しても内側から濃いオレンジ、オレンジ、黄色とグラデーションがかかってる。

種の部分は茶色に赤を混ぜたような色、濃い茶色、薄い茶色がこれもまたグラデーションしている。

自分の中にあった薄っぺらいヒマワリが立体的に浮かび上がってきて面白かった。

僕らは色があるから奥行きを感じるんだ。

偉いよなぁヒマワリって。

生きるために自分でこうやって顔上げてさ。

その場から動けないからってあきらめるんじゃなくて少しでも生きるために太陽に合わせて向きを変えてるんだ。

生きる目的を失って、どこへでも行ける足を持ってるのにただほっつき歩くだけだった僕とは大違いだ。

このヒマワリの話を祈莉にしたくて、なんとなく病院に向かう足が速くなる。

元気かな。元気だといいな。

そんな思いを乗せて病室のドアをノックしようと手をかけた瞬間。

「私だって、そんなことは分かってる！」


すごい叫び声と何かが床に投げつけられる音がして、次に「みのり！」という声と共に病室から飛び出してきた祈莉のお姉さんとぶつかった。

「すみません、だいじょ……」

そこまで言いかけたけど、お姉さんはどこかへ走っていってしまった。

多分、泣いていたと思う。

すぐにドアが閉まってしまい、よくないことだと分かっていながら聞き耳を立てる。

祈莉の、お母さんの声だ。

「祈莉、みのりだって無神経にあんなこと言ったんじゃないよ。ちゃんと祈莉のことを想って」

「分かってるよ。だから辛いんだよ。私がネガティブなことを口にしたりするたびに皆が傷ついた雰囲気を出してくる。〝そんなこと思わせてごめんね〟って。そんな風にされたら弱音だって言えなくなるに決まってるでしょ？」

誰も何も言わない病室に祈莉は言葉を投げつづけた。

「どうせ私は死ぬんだよ。ずっと言葉にしないようにしてたけどそれは変わらないの。じゃあ残された命をどう生きるか。たくさん考えた。私の残された時間で〝生きててよかった〟って〝病気になったけどそれでも幸せだった〟って思える場所はどこだろう。考えて考えて、出た答えがこれなの。どうせいつか死ぬなら最期まで楽しい気持ちでいたい。そう思えるのがここなの」

ドアの外からでも伝わってくる。

祈莉の覚悟と両親の重い気持ち。

これ以上病気が悪化するなら違う病院へ転院するのもありなのではないかという家族からの提案だったみたいで。

それを祈莉は「いやだ」の一点張り。

「梨久君が、いるからかい？」

急に出てきた自分の名前にドキッとする。

三秒ほどの沈黙のあと、祈莉は強い声で言った。

「梨久君がいると世界に色がついたように感じるの。今、私の生きる希望は梨久君なの。お願い、分かって。違う病院に行ったとしても何かが変わるわけじゃないでしょ？〝原因不明〟なんだから。二人だって嫌って程よく分かってるでしょ？　直接的な解決じゃないのに私から希望を奪わないでよ」

祈莉の言葉を最後に、今度は長い沈黙が流れた。

ドアの隙間から有毒ガスのように漏れ出てくる重みはいつの間にか僕の呼吸を止め、全身に緊張感を走らせていた。


「少し、お互い頭を冷やそうか」

祈莉のお父さんがそう言って二人がこちらに近づいてくる。

逃げる理由がなかったので、ドアから少し下がって二人を待った。

「梨久君、居たのね」

そう言われるやいなや頭を下げた。

深く、下げた。

「僕のせいで祈莉が、祈莉が少しでも生きられるかもしれない道を拒んでしまって、ごめんなさい」

二人は少し黙った。

祈莉に会えなくなる。そう覚悟した。なのに。

「顔を上げて梨久君。君のせいじゃない。ちっともね」

「そうよ梨久君。ありがとね。祈莉と一緒に居てくれて」

そう言う祈莉のお母さんは泣いていた。

「さぁ行ってあげて」

胸が張り裂けそうだった。

二人は祈莉に一日でも長く生きてほしい。そう思ってるはずなのに。

少しでも祈莉が長生きする道があるならそっちを選んでほしい。そう思ってるはずなのに。

僕が居なければ祈莉は素直に病院を変えて、そこで新しい治療法と出会っていたかもしれないのに。

祈莉にとって僕の存在はあくまで〝新しい刺激〟でしかない。

僕が祈莉に何かいい影響を与えたなんて自惚《うぬぼ》れる気は全くなくて、僕は祈莉の人生に責任が持てる程大人じゃない。

こんな子供同士のなれ合いとも取れる関係を、祈莉の両親は許して優しい言葉をかけてくれる。

いったいどんな気持ちで？

祈莉の家族は今、祈莉の命と幸せ、二つを天秤《てんびん》にかけて苦しんでいる。

それでも僕にはこうやって優しく接してくれた。

二人に背中を押され、一度深呼吸をしてノックをする。

返事はない。構わずに開けた。

「祈莉、」

祈莉はこちらを見ずに「梨久君?」と尋ねてきた。

「うん、そうだよ」

「また二週間会えないよ。検査だって。あんまり病状、よくなくて」

いつもと違う。

静かで今にも消えそうな声がぽつぽつと病室に落ちた。

ゆっくりこちらを振り返る。

祈莉は笑っていた。また、仮面をかぶって。

「笑っちゃうよね。目の病気で死ぬなんて」

そんな顔するなよ。

そう言いたかったけど言わないのは、その仮面を外すも外さないもきっと僕次第だから。そのサポートをするのが僕の役目だから。

祈莉に笑ってほしい。

どうしたら笑ってくれる?

考えるより先に口から言葉が零れた。

「検査の間も点字、送ってよ。楽しみにしてるから。高校生の夏休みのこともたくさん教えるよ。祈莉はちょっと手間が増えちゃうけど、たくさん連絡取ろうよ。祈莉のペースでいいから。たくさん、教えてよ」

こんなちょっときざっぽいセリフ。言ってから顔が熱くなるのを感じる。

でも目はそらさない。まっすぐ見てそう言った。


「私のペースについてこれるかな？」

笑っていた。

「こっちのセリフだ」


病院から出てすぐにスマホが鳴った。

▽『⠁⠓⠐⠡⠞⠉』

▼「ありがとう」

RGB

128 128 128

CMYK

57 49 46 0

第六章

違和感

#808080

自室にこもり、課題をやる気になれなくて自分で買った写真集を開いた。

澄んだ青空に真っ白な雲がかかってる写真。

なんとなく今日の空に似ている。

入道雲に乗れると思っていたあの頃が懐かしい。

『じゃあ、母さんのこと雲の上に乗せてくれる?』

『いいよ。いつか乗せてあげる』

なんて話をした気がする。

今の今まで忘れてたけど。

あの時は得意げに言っていたのに、今じゃ本当に母さんは雲の上だ。それも一人で。


「おい、最近どこをほっつき歩いている」

いきなり背後からした声に返事はしない。

人の部屋に勝手に入ってくる人は嫌いだ。それが家族であっても。

むしろ家族こそ、互いのパーソナルスペースは大切にすべきだと思うけど。

ましてやいきなり部屋に入ってすぐ、文句を垂れ流すなんて最悪だ。

「お前もバイトして金を稼いだりもっとちゃんと勉強したりしろ。いつまでも遊びまわるな」

それだけ言って僕の机にバンっと強くパンフレットを置いた。

見なくても分かる。

〝義手〟

視界の端でそれを見て、もう、嫌になった。

なんで？　父さんはなんでそう押しつける。

父さんには僕のことが見えてない。

うんざりして、もうどうでもいいやと何かをあきらめる音がした。

自分でもびっくりするくらい大きな音で机を叩いた。

手のひらがジンジンするけど、本当に痛いのは手のひらじゃない。


「父さんは僕のことが全く見えてない。僕の気持ちに少しでも目を向けたことがあるのかよ。父さんは自分の腕がなくなったらそんなにすぐ、受け入れられる？　認められる？　鏡を見た時、今までできてたことができなくなった時、友達に距離を作られた時、〝あぁ自分は普通じゃなくなったんだ〟って、自分が憎くて仕方なくなる。その気持ちを少しでも考えたことあるのかよ！」

息が上がる。

でも、もう引き返せない。

引き返す気もなかった。

これが僕の言いたかったことなんだろ。

「義手の話ばっかり。口を開けば〝義手〟。〝義手〟ってそれって父さんの自己満足だろ。母さんが居なくなってできた家族の溝が自分のせいだって、今までこの家族は母さんのおかげで成り立ってて自分は父親として無力だったたって認めるのが怖いだけだろ？　〝腕のない息子に義手を用意してあげるいい父親〟を演じるために義手っていう一つの手段だけを僕に押しつけるな！　僕は、腕のない自分を認めるのがまだ……」

まだ……。

あぁくそ。

そこまで言って、最後は自分の気持ちに背を向けるんだ。

僕の言葉を聞いて、何を思ったのかは分からない。

でも、父さんはそのまま何も言わず部屋を出ていった。

もう、僕らが分かり合うことはないだろう。

父さんの背中を見てそう思った。

体中にあった全ての酸素を吐き出してそのままベッドに倒れ込んだ。
雑に投げられていたスマホが震える。
通知は二件。
《柊　祈莉》
《清水　菜々》
何も考えずに祈莉の方をタップする。

▽『⠁⠝⠹⠐⠣⠟⠞⠫⠺⠉』
▼クイズの答えは『暑すぎて溶けそう』病院の外には出れてるんだね　良かったよ
▽正解!!　うん、アイスも飼ってもらった

祈莉は音声入力と手打ち入力を使い分けてるらしく、たまに変換がおかしなことになってるのが面白い。

今回も「買う」が「飼う」になってる。

「行って」が「言って」になってたり「合う」が「会う」になってたり。

「今度公開するって」が「今度後悔するって」で送られてきた時はちょっとびっくりしたけど。

それもふくめていとおしいというか、ピッタリの表現が思いつかないけど。

さっきまでの空間から他愛のない話に、重かった心がフッと軽くなる。

メッセージは祈莉からの▽検査行ってくる　に▼行ってらっしゃい　と返して終わった。

このまま家にいる気になれなくておもむろに立ち上がる。

「あぁ清水からも来てたか」

思い出したように開くと、
▽班に入れてくれてありがと　辛い時は頼ってね
そう書いてあった。

一学期、野球部とのことがあった時に来たメッセージをついこの前返したからその返答だ。

返信、いっか。

またスマホをベッドに投げ、外へ出る準備をした。

向かう先は図書館。最近の僕の日課だ。

全盲の人のための本や目が不自由な人について綴《つづ》られている本を手に取り、席に着く。

本当はもっと気になる本があったけど、一冊手に取ると二冊目を本棚から出すのが僕の場合難しい。

多くても三冊まで。

ブックスタンドに本を立てかけ、一ページ一ページ丁寧に読む。


どれくらい読んでいただろ。

集中して読む本の先に誰かが座ったのが見えて、少しだけ集中力が切れた時だった。

「もしかして、梨久君？」

「え？」

びっくりして本から目を離すと、知った顔がこちらをのぞき込んでいた。

「清水、何してんの」

「課題やろうかなって。梨久君は？　探求？　違うか」

「違うよ」

「見たら分かるね。ねぇ、これ見て」

そう言ってスマホをこちらに向けてくる。
▽探求の課題、清水と如月一緒に進めてくんね？　俺らと家の方向逆すぎて集まるの大変そうなんだわ　青山はどうする？　ちょっと家遠いよな

「梨久君グループライン見てないでしょ。さっき来てた。それぞれ歴史集めてきてってやつ私と梨久君でやってほしいって」

「そうなんだ。分かった」

「だから、ひとまず遊びに行こうよ」

「は？」

〝は？〟は失礼だったかもしれない。

でも話が急にぶっ飛びすぎて頭が追いついてなかった。

「だって私たち、お互いのことほとんど何も知らないんだよ？　親睦深めとこうよ」

「探求やるのに親睦いる？　僕に割く時間あったら他の子と遊んだ方がいいよ」

面倒という気持ちを悟られないようにそれっぽい、あくまで清水のことを想ったような言い訳を並べやんわり断る。

特にしゃべったこともない女子と遊ぶなんて疲れるに決まってる。

まったくもって乗り気じゃなかった。

「そう言えば私が引くと思ってるんでしょ」

あぁそうだった。

彼女は人の心が読めるんだっけ？　バカバカしいけど。

「残念、皆部活だし、こないだ言ったけど私友達いないの。それにただ梨久君と親睦を深めたいからって誘ったわけじゃないよ」

「じゃあどんな理由で？」

まるでわざと僕が疑問を投げかけるように含みを持った言い方をする。

僕は人の心なんてこれっぽっちも読めないから素直にそう聞くしかなかった。

学校でもほとんどしゃべったことないし、納得できる理由があるとは思えないけど。

「梨久君のこと、もっとちゃんと知りたいの」

どこかで聞いたことがある言葉だった。

どこだっけ。

誰に言われたんだっけ。

ぼやっとしかない記憶で、でも前に言われたそれには感じなかった、言葉が自分の中に入ってくる上でのわだかまりを確かに感じた。

何かが違う。

でもその何かが分からない。

清水が僕のことを知って何になるのかが分からないままだ。

でもさっきから彼女の視線はちらちらと僕の左腕に落ちる。

「教えてほしいの」

もう一度押してくる彼女を見て思った。

多分清水が知りたいの僕のことじゃなくて僕の〝障がい〟のこと。

それに全くいい気はしなかったけど〝障がいについて理解を深めたい〟という世間一般的に見て褒められるべき行為をないがしろにする気と、この静まった図書館でこれ以上会話する気、どちらにもなれなかった。

前までの僕なら黙って席を立ってたか。

そうできない理由は祈莉と出会ったからかな。

「もちろん一番の目的は探求をやること。これは学校課題だからしょうがないでしょ？　いい評価を貰えれば成績だってつく。そのためには梨久君のことをもっと知りたいの。お願い」

「分かったよ」

ほぼため息でそう返した。

あくまで一番の目的は探求。

成績うんぬんより、僕を誘ってくれた三人のためにもそこはちゃんとしておきたかった。

ただ清水と親睦を深めるとかなんとかに関しては正直、かなり億劫《おっくう》だ。

「おはよ」

「おはよ。ほんとに来てくれると思わなかった」

「じゃあ帰ろうか」

「ごめんごめん冗談だよ。行こ」

清水はオーバー目のTシャツにデニムのパンツというかなりラフな格好をしていて、これからどこに行くのか想像がつかない。

鎖骨あたりまでまっすぐに伸びた髪と薄めのメイクはさほど高校にいる時の清水と変わらなくて少しホッとする。

僕がおしゃれに無頓着だから、あまりバチバチに決めてこられても困ってしまう。

スマホを見て祈莉から今日の問題がまだ来ていないことを確認して画面を見たまま清水に話しかけた。

「どこ行くの。僕行き先聞いてない」

「あれ、そうだっけ。今日はカフェ」

「カフェ？」

あまりに探求からかけ離れすぎていて、空っぽな声色で聞き返してしまった。

「ここ、ずっと来たかったんだよね。チーズケーキが有名な店。知らない？」

集合場所から歩いて数十分。清水はボロボロの小さなビルを指さした。

なんでもこんなおんぼろビルの二階におしゃれな穴場カフェがあるんだとか。

「知らないけど早く入ろう。暑すぎる」


入ってみると、店内は小洒落《こじゃれ》て落ち着いた雰囲気。

さっきの入り口からは想像できない。もっと目立つところにお店構えればいいのに。

人がいっぱい来られると困るとか？　逆に？

そんなことを考えながら店内を見渡していると、ボーダーシャツを着て腰からのエプロンをした女性が近づいてきた。

「予約した清水です」

「清水様ですね。こちらのお席へどうぞ」

席に着くなり勝手に僕の分まで注文されて、手際よく水が運ばれてきた。

「僕がチーズ苦手だったらどうするの」

「辻岡から誕生日に購買のチーズケーキ貰ってたじゃん」

「あぁあの一一〇円のやつか」

「そうそう。あれ美味《おい》しいの？　私購買で飲み物しか買ったことないんだよね」

「え、逆に自販機があるのになんでわざわざ購買で買うの」

頬杖をついていた手をスマホに伸ばしてちらっと見る。

僕がスマホを見て置いてから、彼女は話し始める。

「興味なさそうにしないでよ。購買のコーヒーメーカーのやつ美味しいんだよ？」

「へぇ。飲んだことないや」

「今度飲んでみなよ。美味しいよ。私もチーズケーキ食べてみる」

「約一か月後に覚えてたらね」

「覚えてるよ。覚えてなかったらまた言うから」

お待たせしました〜、とチーズケーキが運ばれてくる。

ちっちゃ。これで飲み物込みで一一〇〇円。

ただ味は確かに美味しかった。すごく。

「美味しいね〜幸せ〜」

そう言う清水はいつもの淡泊感を思わせない無邪気な顔つきになった。

「僕のこと知りたいとか親睦《しんぼく》深めたいって言うから付き合ってるけどこれは完璧に清水の用事だよね」

小さなチーズケーキをだいたんに切り、口に運ぶ。

もうあと二口で食べ終わってしまいそうだ。

「そんなことないよ。ちゃんと梨久君とお話しして親睦深められてる感じしてるよ。しっかり勉強にもなってる」

小さなチーズケーキを小さく切り、口に運ぶ清水はそう答えた。

あと五口はもちそう。

▽昨日、ずっと寝てた　今日も問題はお休み　ごめんね

祈莉だ。

やっぱり体調がすぐれないみたいで心配になる。
▼全然いいよ　ゆっくり休んで
送信しても既読が付かない画面を見て、スマホを伏せた。

「ねぇ、聞いてた？」

「え、ごめん。なんだっけ」

「私、色々勉強になってるよって」

「ん、あぁそれはよかったよ」

「もう、スマホばっかり見て。最近の若者は」

「最近の若者には言われたくないね」

「SNSとかするタイプじゃないだろうに、ずっと何を見てるの？」

「たいしたことじゃないよ」

「ふーん」

　ふと視線を落とすと、二人の皿には何もなくて僕も清水もいつの間にかケーキを食べきっていたらしい。

「味わって食べた？」

「うん、美味しかったよ」

「ほんと？」

「ほんとだよ」

「梨久君、一口しかケーキ食べてないんだよ」

　どういうことだよ。

「スマホ触ってる間に私が食べた」

　は？と思ったけど。まぁ良いか。

「気づかなかった」

「怒らないの？」

「気づかなかったのは僕だからね」

「寛大な心を持ってるんだね。私、残りのケーキ食べられるとか絶対に許せない」

「食べ物の恨みは怖いってやつね」

「そうそう」

まだ、帰らないのかな。

もう用はすんだと思うんだけど。

「怒ってもいいんだよ」

「いやいいよ」

「そう」

なぜか寂しそうな顔をした。

よく分からなかったけど会話が途切れて「会計しようか」と言われたことで今日はお開きになった。

「次からちゃんと探求ね。また予定送る」

そう言って次は水族館へ行くことが決まった。魚の歴史を見たいんだと。

僕も探求はちゃんとやるつもりだったからそこに関してなんとも思わないけど、一人がよかったという気持ちをグッとこらえて帰路についた。


こないだのカフェから一転、ワイワイガヤガヤとにぎわう長蛇の列で流れ落ちる汗をぬぐった。

「チケットいくら？」

「高校生は二〇三〇円」

「意外とするね」

「水族館なんてそんなもんじゃない？　梨久君ちょうどある？」

財布をのぞくとぴったりあったので、会計がめんどくさくならないように清水にまとめて払ってもらうことにした。

相変わらず暑すぎる。

開館前にも関わらず子供連れの家族やカップル、たくさんの人がこの猛暑の中水族館のオープンを待っていた。あたりから声が弾けて、ただただ学校課題のためだけに来ている僕にはその声が痛かった。

今からこれだけの人がこの建物の中に押し込まれるのだと思うと小さなため息が漏れる。

「こんにちは。何名様ですか？」

「高校生二人です」

「かしこまりました。あ、失礼ですがお兄さん」

〝研修中〟と書いてある名札をつけた受付のお姉さんと目が合う。

何かしただろうか。

「障害者手帳はお持ちですか？」

ん？　あぁ。忘れてた。

こんな所、滅多に来ないから。

「ありますよ」

「ご提示いただければ介護者様も一緒に全額免除で入場していただけますが」

マニュアル通りの、作られた文章を音読するだけのような言葉。

呆れや怒り、悲しさ。色々な感情よりもまず〝恥ずかしい〟という感情がじわっと心に侵食した。

〝介護者様〟って清水はただの同級生なのに。

僕は同級生に〝介護〟される立場の人間なのか。

「すごいね。全額免除って」

清水が僕から受け取ったお金を「はい」と渡し、僕は受け取ったチケットを渡した。

「ね。僕もびっくり」

そんなことを言いながらなんとなくスマホを開く。

まだ祈莉から連絡は来ない。

居心地が悪かった。

タツノオトシゴ、ペンギン、熱帯魚、オオグソクムシ、シャチ、サメ。

たくさんの色であふれていた。

この色、なんて表現するんだろ。

「ナンヨウハギ　色」

とスマホで調べてみる。

どこかのアニメ映画で見たことがあるような魚だ。

鮮やかな青に黒く細長い線が体を横断している。しっぽの方は黄色いんだ。

見た目からして食べられる側の魚っぽいのに、なんでこんなに目立つ色してるんだろ。

「梨久君、イルカショーだって」

色の知識に没頭していて忘れかけていた。僕は今水族館に来ているんだった。

「うん、すごいね」

「すごいねって。梨久君てきとうでしょ」

「そんなことないよ。イルカのショーでしょ？」

「うん。行こうよ。ショー」

「小さい頃に腐る程見たよ。それに探求に関係ない」

「いくら見ても腐るもんじゃないから。それにイルカの生態についてとか結構教えてくれるじゃん？　ほら行こ」

そう言って手を引かれる。

イルカショーなんて、子供じゃあるまいし。

清水は今日、いつもよりテンションが高い気がする。

イルカがジャンプするたびに「すごいすごい」と手を叩き、その後魚たちを見て回る時も「きれいだね」「素敵だね」と話しかけてくる。

僕はと言えば四匹見るごとに一回はスマホを確認していたと思う。

祈莉からの連絡を待ってるから。

こんなのが彼氏だったらきっと一日で破局するだろうな。

後半になるにつれてスマホを見るたびに清水の視線もこちらを向くようになった。

それに気づいてるけど、スマホから目は離さない。

なんとなく僕の中でつまんなそうにしておけば「やっぱり別々でやろう」って言っ

てくれるんじゃないかと思っていたから正直わざとなところはあった。

でも帰りの電車で、今日撮った魚やその説明、水中の歴史の移り変わりとかをスクロールしてザっと確認していた時、まさかの一言。


「次行くところ、また考えてURL送るね」

「え？　次？」

「うん、次」

「よく前回と今日、僕と一緒に居て次も居たいと思えたね」

「一緒に居たくないと思われる自信があったってこと？」

「まぁそれなりに」

「大丈夫。安心して。思ってないから」

清水が何を考えているのかいまいちよく分からなかった。

車窓の外を眺める彼女は水族館の時の無邪気な少女とは一変、いつもの冷静沈着な清水に戻っていた。

相変わらず淡々と。こちらは見ずにただつぶやくようにしゃべる。

「あ、私この駅だから。じゃあまたね」

「うん」

〝また〟という言葉は聞き捨てならないが、いったんは今日のイベントが終わったことにはぁと息を吐く。

スマホを見ると通知が一件。

でもすぐには返さなかった。清水からだったから。

今日は祈莉の体調がすぐれないのか。それとも夜になるのか。

気長に待とう。

夕日は窓をないものとするみたいに強く僕を刺す。

今日も暑い。こんな時間でも灼熱《しゃくねつ》だ。

恐るべし夏。

RGB

0 0 128

CMYK

100 100 51 2

第七章

寂しさ

#000080

雨が降っていた。

雨の音で会話が途切れるくらい強くて大量の雨が降り注いでいた。

「梨久、父さんの忘れ物一緒に届けに行こ」

「ええ嫌だよ。母さん一人で行ってよ」

「一人じゃ寂しいじゃない。ほら、行こ」

やりかけのゲームを荒々しく放り投げて明らかに不機嫌な態度で傘をさす。

激しすぎる雨音で母さんの声はほとんど聞こえないし、土砂降りすぎて前もあんまりよく見えない。

雨は、靴下まで浸透して、歩いて五分で足をびっちょびちょにした。

あー最悪。なんで僕も一緒に行かなきゃいけないんだよ。

イライラして母さんの前をスタスタ歩く。


「梨久！　危ない!!」

そう聞こえた時には世界はスローモーションで。

大きなトラックが……。

ヤバイ
迫って
迫って　迫って
もう、目の　前。

止まれ。
とまれ。
とまってくれ。
頼む。

……死ぬ。

目をつぶった。強く。もう　それしか、できることがない。
音が止まり、空間を引き裂くクラクションと金属音だけが響く。

一瞬だけ

全身が雷にうたれたようなそんな大きすぎる衝撃を受け、自分と何かが引きはがされる感覚が僕を襲った。

「救急車！　救急車を呼んで！」

「はやく！　はやく!!」

その音がグワっと耳に入って、そこで僕は意識を手放した。

次目を覚ますと、知らない天井。

ボンヤリする視界の中で誰かが顔をのぞき込んでくる。意識に五感が追いついてくる中で、スピーカーのボリュームを上げるみたいにだんだん周りが騒がしくなってきたことを感じた。

「如月梨久君だね？　何があったか覚えてるかな」

きさらぎ　りく。

僕の、名前。

ここは、どこだ。

その質問を皮切りに色んな検査が行われていく。

ここが病院だと気づいたのはその検査の途中くらいのことだった。

「左腕は一刻を争う状況だったためにやむを得ず切断させてもらったよ。本当に申し訳ない」

目の前の医者に深々と頭を下げられる。

今は自分の腕なんてどうでも良かった。

そんなことよりも。

「あの、母さんは」

医者や看護師が目を見合わせてから俯《うつむ》く。

案内された部屋は、霊安室。

そこには白い布を被る母さんと立ちすくむ父さんが居た。

赤信号を渡ろうとした僕にトラックが突っ込み僕を庇《かば》って突き飛ばした母さんはトラックの下敷きになって死んだ。僕は腕がトラックに巻き込まれたものの命に別状はなかったと言う。

「忘れ物をした俺が悪かった」

母さんの前でこちらを振り返らずに父さんが言った。

それを聞いて身体の中から湧き上がる何かを僕は抑えることができなかった。

「僕のせいだろ。僕を責めろよ！」

初めてこんなに声を張り上げた。

でも父さんは「俺のせいだ」それだけつぶやいてピクリとも動かない母さんをただ茫然《ぼうぜん》と見下ろすだけだった。


ハッと目を覚ますと知ってる天井に安堵《あんど》のため息が漏れる。

自分の額を手で触れるとかなりの汗をかいていたみたいで、びっしょりだ。

天井を見つめて祈莉の言葉を思い出す。

〝似た者同士、一生懸命生きようよ〟

「〝似た者同士〟か……。僕は生きてていいのかな」

重い体を起こして、準備を始める。

あぁ、めんどくさい。
▽ごめん如月、清水、青山！　俺と鈴木、部活のせいで全然資料集められてないんだ　三人、任せた！　まとめたりするのは積極的にやります　すんません

おとといのこの連絡から数分後、ずっとタイミングを待っていたかのような速さで清水から目的地のURLが送られてきた。

「準備よすぎだろ……」

少し前の僕なら迷わず当日キャンセル、もしくはドタキャンしてたと思う。

だって「ごめん体調悪くて」とかてきとうに嘘ついて自分一人で行ったって、探求の資料は集まるんだからなんの問題もない。

でもそれをしないのは祈莉との出会いが影響している気がする。

彼女は純粋だ。

それ故にこれまでの僕の当たり前がどれだけ世間的には当たり前じゃないかというのがすごく目立つ。

約束を守らないという行為がいかに人を傷つけるかということをこの年になって学んだ。

祈莉は小説の登場人物とかでそういうキャラクターがいると自分が被害を被ったかのように怒って悲しんでいたから。

それに祈莉の体調が良くなってまた会えるようになったら、きっとまた僕の日常の話を聞きたがる。

その時に祈莉が怒るようなことを話したくないし、やっておきたくない。

あと清水が掲げている「梨久君のことを知りたい」という考えが、巡り巡って祈莉のような子に意識が向くきっかけになればいいなというわずかな可能性を思っているから。

そう思えば、ただただ冷たく突き放すのは違う気がした。

今日は美術館に行くらしい。ＵＲＬが送られてきていた。

『ルーヴル美術館をもっと身近に』

そういうコンセプトらしくて、無料で入れるということだ。

多分、水族館でのことに気を使いチケットを取らなくてもいいところにしたんだと思う。

「すごい、いつも時間ぴったりだね」

「清水はいつも時間より早くいるね」

「私から誘ってるからね。でも」

「でも？」

「梨久君と会えるのを楽しみにしてるからかも」

言葉と表情が合ってない。

合ってなさすぎて今言われた言葉を素直に受け取ることができなかった。


「これ、有名なやつだね」

「モナ・リザ」

「全部〝もどき〟だけどね」

「夢ないな～」

母さんが昔言ってたけど、母さんの家には小さいモナ・リザの絵があったらしい。

高いものでもなんでもなくそれこそ〝なんちゃってモナ・リザ〟らしいけど。

母さんが小さい頃、どこにいてもそのモナ・リザと目が合う気がして怖かったんだと。

試しに飾られてるモナ・リザを右から左にかけて動いて見てみた。

確かに、なんとなくずっと目が合う気がする。

「ねぇ」

僕に呼ばれたことに珍しいという顔をしながら「なに？」と一歩寄ってきた。

「もし、僕の目が見えなかったら。この絵どうやって僕に伝える？」

「梨久君の目が？　それは全く見えないってこと？」

「そう。もう全く。何も見えない」

うーんとうなりながらまじまじとモナ・リザを見る。

「まず、絵の中にいるのは女の人。赤茶色の髪の毛には細かめのパーマがかかってて瞳の色も同じような色。目は二重っぽくて、鼻筋はシュッとしてる。口角が上がってるから微笑んでるように見えるけど眉毛がよく見えないから実際はどんな表情してるのか分からない。どこの国の人なんだろ。なんか、イエベっぽい」

うまかった。

最後のイエベっぽいっていうのが何かはよく分からなかったけど特徴はすごく捉えていたし分かりやすい。

背景に関しては全く触れていなかったけど。

「この女の人にフォーカスした説明だね」

「そっか、目が見えないと背景の説明もしなきゃなんだね」

「そうだね。でもよく特徴を捉えてたし、上手だよ」

「そうかな。顔の特徴はメイクしてる人なら結構詳しく言えそう」

「なんで？」

清水は自分の目や鼻をなぞりながら説明を続けた。

「自分がコンプレックスに思ってるところをどう隠すかとか考えるから。世間一般的に〝ここがきれいだと素敵な顔だよね〟っていうところは着目されがちだよ」

例えば鼻筋とかね、とまた自分の鼻をなぞった。

鼻筋をきれいに見せるにはシェーディングというものをつけるし、目を大きく見せたければアイラインというものを引くらしい。

モナ・リザは目もぱっちりだし、肌もきれいでうらやましいとつぶやいていた。

「でも、私は目の見えない人を美術館に連れていこうとは思わないかな」

「なんで」

「だって、辛くない？　見えないってことを実感しそうで」

そうか。

そう思う人もいるんだ。

難しいね。分かり合うって。

自分の中に湧いたモヤモヤを振り払うように次の展示へと足を運んだ。

「首、ないね」

「サモトラケの有翼の勝利」

本物はもっと大きいらしい。

コンパクトになったそれは上からものぞけるようになっていて、こんなに間近で上から見られるのはここの強みなんだって。

「なんか、どこかのスポーツメーカーのロゴみたい」

「ね、翼のところでしょ？」

「そうそう」

首を失った人物像は大きな翼を左右に広げていて、なんとなくそれが見覚えのある形だった。

その後もそれなりに楽しみながら隅々まで回った。

美術館は撮影禁止だったので各々メモを取りつつ、なかなかいい資料が手に入ったと思う。

僕らの集まりにしては珍しく、美術館から出ると少し薄暗くなってきていた。

▽検査が終わるまでもうすぐだ　・・・・・・
▼うん　クイズの答えは『がんばる』　頑張れ
▽正解！　じゃあ、今からお風呂だから　行ってくる

▼行ってらっしゃい

「今日は、あんまりスマホ触ってないなって思ったのに」

「さっきメッセージ来たから」

「ふーん。ねぇ梨久君」

もうお開きだと思っていたのに清水は歩き出さない。

僕ののどには「じゃあね」という言葉がつっかえていた。

「今から散歩しようと思ってるんだけど、一緒に行こうよって言ったら来る？」

いつになく回りくどい言い回し。

表情も少し暗かった。

「別に、どっちでも」

「私、そんなに嫌そうな顔して〝どっちでも〟って言う人初めて見た」

「そんなことないよ。いいよ、行こ」

「いいの？」

「……うん」

ちょっと顔に出しすぎたことへの罪悪感で勢い余っていいよと言ってしまった。

日はだいぶ傾いてるとはいえ八月中旬。

まだまだ気温は高かった。

川沿いには虫も多い。

それでも二駅分、川沿いを歩くことにした。


美術館からここまでの間ですっかり日は落ち切ってしまって先が見えないくらいには真っ暗になっていた。

「え、暗くない？」

「街頭一つもないね」

「なんか、神隠しにでもあいそうな道だな」

「梨久君怖いの？」

「お化けは信じないけど怖いという感情はあるよ」

「えらい遠回しな言い方だね。行こ」

川沿いは本当に真っ暗で、道に覆いかぶさるような木が頭を撫でるとぞわっとする。

犬のふんがあっても分からないなこれ。

清水はこんな時でもずっとしゃべってる。

話題の性格診断の話で、自分は内向型だったけど多分僕も内向型だろうとか。

文理選択どうするの？とか。

最近観た映画が思ったよりもホラーで驚いたとか。

――ぼちゃん

清水の口が止まったのはそんな音がした時。

川の水に何かがはねたような音がして二人で目を合わす。

この真っ暗な空間でホラーを連想させるには十分すぎる音だった。

「え、なに？　なんの音？」

「さぁ、カッパじゃない？」

怖がる清水を面白がっててきとうを言う僕の言葉に「カッパ？」と驚いたあと、珍しく清水がちゃんと笑った。

「梨久君そんな冗談言えたんだ」

「僕はいたってまじめだけどね」

「ごめんごめん」

この瞬間少しだけ、居心地が良かった。

こういうのでよかった。

何も特別なことはしなくていい、されたくない。

特別じゃないこの時間が良かった。

この会話から、清水はもっとよくしゃべるようになった。

僕もいつもよりかはちゃんと受け答えができていた気がする。

それでも一歩物理的に詰められた清水との距離をその分だけ離してしまうのは、心のどこかで清水のことを〝自分と違う人〟という風にカテゴライズしてしまっているからかもしれない。


「梨久君って、人を好きになる？」

少し間が空いた時、清水がこの空間にふさわしい話題か探るように言ってきた言葉だった。

人を好きになる、か。

「いまいちよく分からない」

「難しいよね。人を好きになるって」

少しだけ歩くスピードを緩め「これ、私の持論なんだけどさ」と話し始めた。

「心の中に引き出しがあって、そこに感情をしまってるんだと思ってるんだよね」

「どういうこと？」

「これが感情だとするでしょ？」

拳を作り、差し出す。パープルのブレスレットがキラッと光った。

「これが、例えば美味しいって引き出しに入った時、初めて人は〝美味しい〟って感じるの」

もう片方の手を開き、さっきの拳をその上に置いた。

「でも、引き出しがないとさまよって、似た感情に収納される」

拳をフワフワと空中に漂わせて、さっきと少しずれたところでまた片方の手を開き、拳を置いた。

「好きって感情の引き出しがなきゃ、人を好きになることって難しいと思うんだよね」

「じゃあ、その〝本当は好き〟だった気持ちはどこに収納されるの？」

「それは人それぞれなんじゃない？　〝楽しい〟の引き出し〝気が楽〟の引き出し色々あると思う。感受性が豊かな人はたくさんの引き出しを持ってるんだろうし、感情が湧きにくい人は引き出しが少ないんだと思う。引き出しの大きさも人それぞれで同じ感情でもたくさん入る人とすぐにいっぱいになっちゃう人がいる。〝辛い〟の定義が皆違って争いが起きるのもこのせいなんじゃないかな。〝私の方が辛い〟って」

確かに。そう言われると結構納得がいく。

感情にも得意不得意があって、人から言われた言葉を全部〝悲しい〟とか〝辛い〟って引き出しにぽんぽん入れてしまう人と取捨選択しながら整理してしまい込む人とではキャパは明らかに違うし、同じ量のネガティブを心に宿したとしてもキャパオーバーになる速さは人それぞれ。

余計に人同士が分かり合うということに難易度の高さを感じた。

「清水は持ってるの？　人を好きだと思う引き出し」

「私はこないだまでなかったけど、なんとなくその引き出しを見つけた気がする」

「僕はまだ、見つからないや」

「見つかるよ。きっと。見つけることが必ずしもいいこととは限らないし」

――ぼちゃん

また、音がした。

さっきのと同じ音だ。

「まただ。さっきの音と同じだよね」

清水はまた怖がりながら言った。

「ほんとだね」

「カッパかな」

「鯉《こい》でしょ」

僕らが同じ時に笑った初めての時間だったかもしれない。

なぜかその僕の顔をのぞき込んだあとで清水もフッと笑いだした。

清水のムッとした不服そうな顔につい笑ってしまう。

「梨久君、そういうのずるいって言うんだよ」

「…………」

「…………」


「探求、そろそろ私たちの分だけでもまとめに入らないとね」

「あぁそっか。まとめまでやって辻岡たちと合わせるのか」

「そうそう。明日うちおいでよ。色々広げた方がやりやすいだろうし、コピーとかもすぐできる。無料で」

一拍、息を吐く時間ができた。

面倒くさいという気持ちが七割、もうちょっと先でもいいんじゃない？という気持ちが二割、でも、早めにやっとかないと後々後悔するよねというため息のような気持ちが一割。

でも、まぁ残りの夏休みの日数と自分の夏課題の終わってなさ、そして何より祈莉が回復した時にフットワーク軽くいられるようにしておくには、さっさとまとめに入ってしまった方が得策か。

「いいよ」

「ほんと？　じゃあ、また明日」

明日の予定が空いてることがスケジュール帳を見なくても分かるなんて、僕ってつくづく暇人なんだな。

祈莉の検査が終わるまでに面倒ごとを終わらせておくことが第一優先だろうという気持ちでオッケーしたけど、やっぱり面倒という気持ちがうずまく。
▼安心して　明日誰もいないから
彼女は遠くからでも人の心がよめるらしい。

ちょうど清水の家族に手土産を買うべきかという一束の疑問がよぎっていたところだ。だから、その心配はしなくてよさそうなことに少し安心する。

ホッとしたのかため息なのか、もれそうな息をグッとのんで、まとめを全力で終わらせればいい話かと自分に言い聞かせてスマホを閉じた。

▼今日検査終わるかも
今朝の目覚ましはこれだった。

もしかしたら延びるかもと思っていた検査が予定通り進んだらしく、今日の検査で大きな異常がなければいったん長期の検査は終了になるんだと。

まとめが丸々残っていることを少し後悔する。

初めて清水に会いに行くことに気合を入れた。

今日でなるべく終わらせるぞという気合を。


ゴーっとクーラーの音が鳴り響く。

部屋には二人分のシャーペンの音と紙を摩擦する音が散る。

家には本当に誰もいなくて、清水と僕だけだった。

定期的にスマホを見る。

祈莉からの検査結果が気になって自然と手がスマホに伸びてしまう。

僕がスマホを見るたびに清水もこちらに顔を向けた。

それでも何かをしゃべりかけてくるわけではない。

いつもの清水ならこの空間に耐え兼ね何かしゃべりだすか音楽でもかけ始めそうな勢いだけど、そうしないのはなんでだろう。

三時間くらい、経ったかもしれない。

僕がスマホを見て十三回目くらいの時に、初めて清水が口を開いた。

「梨久君っていつもスマホを気にしてるよね」

スマホをじっと見つめてそう言った。

別にもう、今さら隠すことでもないと思ったし、ごまかすことでもないでしょ。

「友達から問題が届くんだよ」

「問題？」

「うん。その子から送られてくる問題を待ってる」

〝今日の検査結果を待ってる〟とは言わずにいた。

「それって女の子？」

「そうだよ」

その質問が何を意味しているのかいまいち分からなかったけど、その質問をする時に初めて清水がこちらを見たから多分清水の中では重要な疑問だったんだと思う。

なんの問題が届くのかよりも、女の子からなのかということが。

嘘をついても見破られる気がして、てきとうなことを言う気になれなかった。

初めてちゃんと近くで見た清水の目は、確かに僕の心の声を読み取ろうとしているような、そんな目だった。

「その友達は、入院してるんだ。すごく重たい病気のせいで目が見えない。こんな僕のことを生きる希望だと言ってくれた。僕もそれになるべく応えたいんだよ」

清水は黙った。

何かを言いたげな表情だけ残して、僕の次の言葉を待ってる。でもあいにく僕のターンは終わっている。

「言いたいことがあるなら言えよ」

この空気に耐えられなかった。

「私に美術館でモナ・リザの説明をさせたのもその子のため？」

「それだけじゃないけど。勉強中なんだ。見えない人へどうやったらうまく伝えられるのか。だから僕のためでもある」

「私、梨久君に呼んでもらって嬉しかったんだよ。名前じゃなくてもそれだけで嬉しかったのに。他の女の子のためだったんだ」

言ってる意味がよく分からなかった。

「じゃあ、私に付き合ってくれてたのもその子のため？　私が梨久君について知りたいって言ったから巡り巡ってその子のためになればなって？」

なぜか少しだけ清水の声が震えてるような気がした。

僕らはただのクラスメイトで、僕が健常者であれば生まれなかった時間のはずなのに、なんでそんなに苦しそうな顔をするんだろう。

「何が言いたいのかよく分からない」

また、沈黙。

清水の全部が分からなかった。


「ねぇ」

その声と同時にスマホが光った。
▼検査終わったよ　暇なら会いたいな
祈莉からだった。

「ごめん、僕帰るね」

探求資料をまとめてカバンにしまう。

立ち上がって部屋を出ようとした時、手を引かれた。

その拍子にスマホが落ちる。

すごく、冷たい手だった。

「ねぇ、待って。聞いて。その子はさ、梨久君のことが見えてないんでしょ？　私はちゃんと見てるよ」

一度息を吸ってゆっくり吐く。そしてもう一度大きく吸った。

「梨久君、人の話聞く時興味なかったら必ず頬杖つく癖あるでしょ。古典の授業は必ず十分経ったら寝てるんだよ。そのくせテストは毎回いい点取ってるし。人にもの貰ってもそんなに嬉しそうじゃないくせにプリンもらった時だけちょっと嬉しそう。でもカラメルの部分食べ終わったらもういらないって顔するんだよ」

珍しく感情的になる清水に追いつくことができなかった。

さっきまで僕を強く見つめていた視線はフッと弱くなって肩も大きく落ちた。

それでも目はそらさないまま、

「気持ち悪いと思った？」

そう自虐的に言った。

「僕はさっきからずっと、清水が何を言いたいのかが分からないよ」

「梨久君が好きなの」

「その子よりずっと前から」

理解ができない。

僕と清水はただのクラスメイト。

僕と祈莉はただの、

ただの、なんだ。

「別に、その子は僕のこと好きなんかじゃないよ」

絞り出して言った言葉。

清水は目の前に落ちたスマホを僕に渡しながら口を開いた。

「梨久君はなんにも分かってないよ。私も一応女だから分かるもん。その子は梨久君のことが好きだよ。そして梨久君もその子のことが……」

「僕の何を知ってるんだよ」

ずっと早口でしゃべり続けていた清水が黙った。

こちらを一直線に見て。

握られていた手がゆっくり離されて、僕の腕がブランと下がる。

初めて、無言を煩わしいと思った。

「清水は僕のことがただ知りたかっただけだろ。そこに好きとかそうじゃないとか関係ないじゃないか。清水は僕のことをいつも分かったように言ってくるけど何も分かってないよ。変な同情や気遣いが、僕らにとってどれほど苦しいかなんて分からないくせに。押しつけがましいよ。全部自分のためじゃないか」

言い、すぎた。

ただのクラスメイトにこんなに熱くなるなんてどうかしてる。

それでもこの熱量に負けまいと清水も口を開いた。

「その子の名前、祈莉ちゃんっていうんだ」

「なんで、名前」

「今スマホ見たら通知来てたから。私の連絡は全然返さないくせに。分かったように言って何も分かってないのは梨久君も同じだよ。私のことをマジョリティだからって遠ざける。私と祈莉ちゃんの違いって何？　目が見えるか見えないかだけでしょ。梨久君はきっと私にも何か一つマイノリティなことがあれば祈莉ちゃんのようにしてくれたよ。そんな風にされたら私だって何か一つでも、」

「おい」

そこから先を言うことは何がなんでも許さない。

初めて発された僕からの強い言葉にびくっと肩を上げ、自分が言おうとした言葉を客観視して、清水は明らかに動揺していた。

「ごめんなさい」

小さく謝られたけど、何に謝ってるのか分からない。

「でも、私が今まで探していた引き出しを見つけてくれたのは誰でもない梨久君なの」

「…………」

これ以上、何を言えばいいのかどうしたらいいのか分からなくて彼女を置いて部屋を出た。
▽ごめん　今日は無理だ
そう返信して家へ帰った。訳もなく走って。


薄暗い部屋に電気をつける。

全く気分じゃなかったけど、父さんの分は作らないといけないので仕方なく料理を始めた。

トマトを洗おうとして手から零れてしまう。

シンクに転がったトマトを拾うには一度手に持っているトマトを置かなければいけなかった。

こんなこといつもなら何も思わずにやるのに。

もう慣れたことなのに。

いつもよりむしゃくしゃする。

全てを雑に終えた今日のご飯の出来はひどいものだったけど、いいやとなげやりに自室に戻る。

〝私のことをマジョリティだからって遠ざける〟

この言葉がさっきから何度も僕の頭を打つ。

いつもの癖で写真集を開いた。

「あ」

同時に床に落ちる義手のパンフレットを拾い、じっと見つめた。

「僕だけ、子供のままだ」

僕だけがその場に停滞して進んでいないようだった。

祈莉は苦しい検査を乗り切って日々辛い思いをしながらも強い気持ちを持って生きている。

清水は自分の気持ちと葛藤しながら新しい気持ちの引き出しを見つけ出した。

じゃあ、僕は？

特に何もせず、すぐに分からないと感情に蓋をする。

僕だけが何も成し遂げていなかった。

誰に対しても中途半端。

その結果清水を傷つけたのか。

自分の気持ちを整理したくて何か別のことに時間を費やすのは別におかしな行動じゃない。

写真集をもう一回開いた。

この赤色ってここの赤色と若干色が違うのかな。

この二つにもそれぞれ名前があるんだろうか。

検索する。

赤だと思っていた色にも種類があって、紅色とかスカーレットって言うんだって。

鮮やかな赤か鮮やかな黄みの赤か。その違いらしい。

黄色も〝黄色〟っていう一つの名前じゃなくて鬱金色《うこんいろ》という色もあるらしい。強い黄色をあらわすんだって。

なんだこれ。〝#FFFFFF〟。

これで〝白〟を表わすんだ。

色にも意味付けがあるらしい。

白には純粋だとか出会いだとかそういう意味が含まれているんだと。

なんだこの蝶《ちょう》。〝モルフォ蝶〟って名前なんだ。

鮮やかな青で光が乱反射しているから角度によって紫に輝いたり濃い青色に輝いたりしてる。構造色っていう光の干渉とかによって発色する色の分類にあたるらしい。

難しい。けど色って面白い。

これを一つ一つ見分ける能力が人間には備わってる。

それってすごいことのように思えた。

小さな差は分からなくても色から温度を感じたり、空間を感じたり感動したり、怖いと思ったり。

そしてこれを見えない人にも共有できるのが人間の一番の能力だ。

色と同じで、人間もパッと見たら一つの人間という個体だけどしっかり目を凝らして見ると一人一人違う個性がある。

色によっては混ぜると濁って汚くなってしまう色もあるけど、そこに違う色を足したり、色を調節したりすればいつかきれいな色になる。

人間も同じだ。

詳しい色の名称とかよりも僕は祈莉にこういうことを伝えていきたいと思った。

そして僕も学んでいかなきゃ。

▽明日会いに行くよ
クヨクヨしてられない。

そう祈莉に返信してまた写真集に視線を落とした。

RGB

255 165 0

CMYK

0 46 91 0

第八章

生命

#FFA500

「久しぶり。梨久だよ」

「梨久君！　久しぶりだね」

弾んだ声。でも心なしか少し痩せたような気がした。

「調子はどう？」

「暑すぎて溶けそうって連絡してから外に出れてないんだよね。結果が悪くなっちゃってさ」

祈莉を蝕《むしば》む〝何か〟はどんどん脳へダメージを送っていた。でもその〝何か〟は未だに分からないまま。


椅子へ座ると祈莉の髪の毛にゴミがついていた。

「祈莉、ついてる」

サッとゴミを取ってやる。

そう言えば祈莉はいつも身だしなみがとても整えられていて、こうやってゴミがついているようなことは珍しい気がする。

「珍しいね。ゴミがついてるの。逆にいつもついてないのがすごいくらいだけど」

「目が見えない分、身だしなみはお母さんとか看護師さんに頻繁にチェックしてもらってるんだ。手にマーカーがついたの気がつかずに顔触っちゃって黒い線取れなくなった時は焦ったな〜」

その顔見たかったよと祈莉を茶化す。

「あっそうだ。梨久君これつけて」

えっとどれだ？と言いながら机の上を手探りで動かし、アイマスクを取って渡してきた。

言われた通り大人しくつける。

やっぱり視界を遮られると座っていても少しばかり不安になる。

やけに小さな音も耳に入ってくるし、少しでも静かになるといるはずの祈莉がちゃんと目の前にいるのか分からなくなる。

急にさっきまではっきりしていたベッドや机、椅子、本棚、病室全体の輪郭がぼやけて宙に浮いたような感覚に陥った。

「これはなんでしょうクーイズ！」

いきなり元気よくゲームが始まり、何かが手に握られた。

「今梨久君の手にあるものを握らせたからそれが何か当ててみて」

言われた通り手に握らされた物をなぞっていく。

「細長い……ん？　なんか、取れそう。あ、取れた。あれ、こっちもなんか取れた。うわっこの感触……サインペンか。僕今絶対インクのところ触ったよね」

どれどれ？と祈莉も僕の手の中のものを触る。

「多分今、梨久君手、真っ黒だね。正解！　サインペンでした〜。梨久君片手でサインペンの蓋取るのプロだね」

アイマスクを取ると親指と人差し指にインクがついていた。

「はい、次！　もっかいつけて？」

「ん」

筒のような形。素材は硬くて冷たい。一度机に置いて筒を上になぞるように辿ると塞がっていて反対にして辿ると穴が空いていた。

「花瓶か」

「えっ！　すご！　絶対分からないと思ったのに」

「この手の花瓶を前、祈莉の病室で見た記憶があったんだ」

「わぁ、天才だね。はい、三問目」

さっきの花瓶とは打って変わってフワフワな感触。上から小さい丸が二つ。大きい丸にくっついていてそれも何か四つの棒が突き出てる丸にくっついていた。真ん中の丸を探ると硬いビー玉のようなものが二つ、埋め込まれてる。

「クマのぬいぐるみ？」

「ブッブー！　不正解、アイマスク取ってごらん？」

アイマスクを外すと、僕の手の中にはパンダのぬいぐるみがあった。

「そんなのズルいよ」

「同じような形されると色なんて区別つかないでしょ」

確かにクマとパンダなんて影だけ見たらほぼ一緒だ。

いかに僕らが目に頼っているかということがなんとなく理解できた。

「この検査の期間、これを梨久君にやることを楽しみにしてたんだよ」

「楽しかったよ。最後の問題は勉強になった」

「でしょ?」と祈莉は満足げだ。

「じゃあ僕からも問題を出すよ」

僕からの言葉に「めずらしい」という顔を一瞬のぞかせて「かかってこい!」とファイティングポーズをこちらに向けた。

「#90EE90これなんでしょう」

「ん、ん?　なんのじゅもんだ?」

祈莉の困惑顔に、自分で分かるくらい得意気だ。

いつも祈莉には振り回されてばかりだからな。

たまには仕返しだ。

かなり長いこと「うーん」と考えこんでいる祈莉だけど全く答えにはたどりつけな

くて、

「全然分からない……！　降参！　答えは？」

とくやしそうな顔をした。

「正解はライトグリーンを表すＨＥＸ値でした」

答えを聞いてもサッパリ分からんという祈莉にこの検査の間に僕が身に付けた知識の範囲で説明する。

「ほえ〜。梨久君色博士じゃん！」

目をキラキラとさせる祈莉はその熱量でさらにつづけた。

「なんかライトグリーンって好奇心！って感じしない？　なにかが始まりそうなワクワク感がある」

「色にも沢山意味が含まれてるらしいよ。今度調べてくるね」

色の話に花が咲く。

祈莉も昔は普通に見えてたからその時の話も交えて楽しそうに語ってくれた。

「私むらさきすごい好きなんだけど、むらさきってすごいさびしいイメージがあるんだよね」

そんな中、ポツリと祈莉が落とした。

「過去、大きく傷ついて、葛藤して、どうしようもないくらいさびしいのに、独りぼっちの孤独感を心の内に秘めてる感じがする」

祈莉は自分の事を思ってこの話をしているんだろうか。

その話を深掘りする前に少し重くなった空気感を察したのか、パッと明るくなって次は僕に疑問をぶつけた。

「梨久君に聞きたいことが二つあってさ」

祈莉は僕の目線よりも拳二つ分くらい下でピースを向けてきた。

「なに？」

「一つ目は、検査の期間に考えてたんだけど梨久君ってどうやってズボン穿《は》くの？てゆうか、穿いてる？」

〝穿いてる？〟とあまりに真剣な顔をする祈莉に吹き出しそうになるのをグッとこらえた。

そんな真剣な顔で〝穿いてる？〟は傑作だ。

「穿いてるよ」

「なんで声震えてるの」

「いや、ちょっと、祈莉の顔が、」

だめだ。こらえきれず吹き出してしまう。

「なんで笑ってるの？　私真剣だからね？」

絶対わざとだ。どこをどう切り取っても祈莉の顔は真剣ではなかった。

「ズボンね、穿いてるよ。色んな方法があるけど僕はもう地道に片方ずつ上げていってる。なんでそんなこと気になったの?」

「なるほどね。もう地道にね。いや、お風呂入ったあと試しにやってみたんだよ。〝梨久君ってどうやってるんだろ〟って。そしたら全然上がらなくて足じたばたさせるだけになっちゃってさ」

と、その時のことを再現するように足をじたばたとさせる。

「簡単ではないよね。僕もカーゴパンツとスキニーは苦手」

「えらい両極端な二つだね」

「うん、カーゴパンツは止まらずに落ちていっちゃうしスキニーは逆に上がってこないからイライラする」

「ズボン穿けずにイライラする梨久君ちょー見たいんだけど」

「見るもんじゃないよ」

ズボンが穿けなくてイラついている時の僕は多分イヤイヤ期の子供と同じくらい手がつけられない。

僕のお気に入りズボンランキング一位はデニムのストレートだと教えると僕の足を触って「今もそれ?」と聞いてくるので「そう」と答えた。

「もう一つの聞きたいことは？」

「もう一つはね、この検査の間何してたのかなって」

何、か。

正直に答えるべきか。

検査を頑張っていた祈莉に遊びほうけていたことを伝えることに若干罪悪感があった。

学校課題である探求をやっていたとしても行き先だけ聞けばただの遊びだ。

考えるとどうしても黙ってしまう。

「梨久君？」と呼ばれてハッとした。さっき無言の怖さを学んだばかりだったから。

「この期間、ね。課題とかやってたよ」

「夏っぽいことした？」

祈莉が聞きたいことはこれじゃなかったみたいで、明らかに何かを僕に言わせようとしていた。

「夏っぽいことはしなかったけど、夏休みっぽいことはしたかも」

変にごまかしたらぼろが出るな。

こんなことで祈莉からの信頼をなくすのは嫌だったから、あきらめて正直に答えることにした。

「クラスの人と？」

「うん」

「わ、もしかして女の子とか？」

ニヤニヤしながら言ってくる。

清水との関係をそういう関係にされたくなかったけど「そうだよ」よ短く答えた。

「いいな～嫉妬しちゃう」

「え？」

顔が上がる。

「私が検査の間に楽しんじゃってさ～。私も夏休みっぽいことしたいよ」

ぷくっと頬を膨らませる祈莉の顔を見て安堵と同時に何か知らない感情が心をつついた。

何かは分からないけど、いいものではなかった。

「別にその子とは特別な関係じゃないからね」

誤解されるのはやっぱり嫌で、今の自分の気持ちを見なかったことにするためにもちゃんとそこは念押ししておいた。

「そうなの？　確かに梨久君クラスの女の子にお出かけとか誘われて断れませんでし

ズしようよ」と言い四、五問追加でゲームをした。


「んー……。あながちまちがいではないね。ただ今回は学校課題で行っただけだから」

その答えにふふと笑った祈莉は「もう一回これなんでしょうクイズとHEX値クイズしようよ」と言い四、五問追加でゲームをした。


そろそろ帰ろうかと思った時、病室の扉を誰かが叩いた。

「はーい」

祈莉も誰かは分かっていないようで少し〝?〟を含んだ返答だった。

「祈莉ちゃん、久しぶり〜」

そう言いながら陽気に入ってきたのは大人六人と赤ちゃん。

「あれ、先客？　ごめんね」

「とりあえず名前名乗らんと」

「あぁ、そうだそうだ。祈莉ちゃん、山田《やまだ》のおじさんだよ」

「あっ山田の！　どうぞどうぞ入ってください」

祈莉の表情がパッと明るくなって怪しい人たちじゃないことは理解できた。

「梨久君、親戚のおじさんたちだよ」

そう紹介される。

祈莉のお父さんのお姉さんとその旦那さん。その二人の子供姉弟とお互いの旦那さんと奥さん。そしてその奥さんの腕の中には小さな赤ちゃんがいた。

説明してもらってる途中から赤ちゃんに目が行く。

「祈莉ちゃん調子はどお？」

「良くなったり悪くなったりの繰り返しで。でも今は梨久君のおかげで元気です！」

そう言って僕の背中に探るようにトンと手を置いた。

「そうか、ひとまずは安心、かな。またお正月は皆で集まれるといいね」

おじさんたちは僕の方にまで優しい視線を向けてくれて同時に小さく会釈をした。

「はい！　もしかして今日、京《きょう》ちゃんいますか？」

この赤ちゃんは〝京ちゃん〟というらしい。

「祈莉ちゃんに会えるの楽しみにしとったんよ」

そう言いながら弟さんに背中を押され、奥さんと京ちゃんが祈莉に近づく。

「そうか、祈莉ちゃん会うの初めてか」

おじさんが感慨深そうに言った。

「祈莉ちゃん、なでてみる？」

奥さんが祈莉の高さに合わせて京ちゃんと一緒にベッドに腰かけた。

「え、いいんですか？」

「うん、なでてあげて」

祈莉は僕から少し離れたところを見て「ちょっと怖い」と言った。

「梨久君、だったかな。手、引いてあげて」

伯母さんにそう言われ、小さくうなずいて祈莉の手をそっと持った。

僕も少しだけ怖かった。

見ただけで分かる命の繊細さに触れてしまうのが。

祈莉の手をそっと京ちゃんに近づける。

「あと指一本分くらいで京ちゃんだよ」

京ちゃんの手の近くに祈莉が指を伸ばす。

「あ」

皆が口をそろえた。

祈莉の指を京ちゃんがふっと握る。

「京ちゃん、よかったね〜。これが祈莉ちゃんだよ。〝初めまして〟」

「まだ生まれたばっかりだから、目見えてないんよ」

「え」と祈莉が顔を上げて、また京ちゃんの方に視線を落とした。

さっきまで陽気に場を盛り上げてくれていたおじさんたちも優しくこの時間を見

守ってる。

京ちゃんに笑いかけて祈莉は言った。

「京ちゃん、初めまして。目、見えないの？　おそろいだね。いっぱいいっぱい愛してもらって大きくなるんだよ〜。お兄ちゃんになって、大人になって、お父さんになるのかな。たくさんたくさん生きておじいさんになるんだよ〜。生まれてきてくれて、ありがと」

ゆらゆらと指を揺する。

京ちゃんはそんな祈莉を見て嬉しそうに笑った。

伯母さんが静かに目をハンカチでぬぐったことに祈莉は気づいているのかな。

少し静かになった空間に、次は姉弟のお姉さんの方が明るい色をつけた。

「祈莉ちゃん、私も結婚するんよ」

「え！　お姉ちゃんも⁈　さっき旦那さんがとかいう話してたからなんのことだろうって思ってたの」

「うん、今日連れてきたんだけど。人見知りだから静かで」

ずっとお姉さんの隣で静かに微笑んでいたのが旦那さん。

「初めまして祈莉さん、西村《にしむら》です」

「初めまして。お姉ちゃんを幸せにしてください！」

明るく言い、頭を下げる祈莉に皆が笑顔になる。

それでもすぐに京ちゃんがぐずってしまい、皆は帰ることになった。

「またね祈莉ちゃん。また、来るからね」

「待ってます。また！」


急に広く感じる病室。

祈莉は今何を思ってるんだろ。

「すごくいい人たちだね」

「でしょ？　親戚のおじさんたち皆面白くていい人たちなの。ただ家が遠くだからなかなか会えなくて」

祈莉の顔が少し寂しそうなのは……。

「京ちゃんが大きくなったのも、お姉ちゃんの晴れ姿も、見たかったなぁ」

絞り出したように言う祈莉に、

「見れるよ」

そう根拠のない励ましの言葉をかけることしかできなかった。

それでも「うん、見るよ」と強くうなずく祈莉に僕の方がグッとくるものがあった。

祈莉だって。

お姉ちゃんになって、大人になって、お母さんになって、おばあちゃんになるんだよ。

そう心の中で言って、その日は帰ることにした。

▼『……　……』

▽クイズの答えは「またあした」うん、また明日ね

こういう普通の毎日があとどれくらい送れるだろうか。

それを考えると少し怖かった。

RGB

0 0 0

CMYK

92 88 89 80

第九章

孤立

#000000

祈莉の病状は良くなったり悪くなったりの繰り返しで、良くなる原因も悪くなる原因もまだ何も分からないままだった。

嵐山先生も少し焦っているように感じる。

「きっと大丈夫」だとか「そうだといいね」だとか、祈莉へかける言葉が少しずつ少しずつ希望というか願望に近いものになっていって現実味がない。

祈莉もそれを感じているようで、体調がいい日でも弱音を吐くことが増えていった。

祈莉のそばになるべくいれたらよかったけど期末テストが迫ってきてしまい「テストはちゃんと受けなきゃだめ」という祈莉からの強い言いつけに従って、テストが終わるまで病室にはなるべく足を運ばないようにしていた。

「いい点取って自慢しに来てね」

「うん、分かった」

「目指せ百点！」

「え、そんな簡単に言うなよ」

「梨久君ならできるって」

「頑張りはするよ。連絡、遠慮しなくていいから。僕の返せるタイミングで返すよ」

「ありがと！　たくさんエール送る」

そう言っていた祈莉から三日間ぱたりと連絡が来ない。

テスト週間が始まって一週間、体調が悪い日でもその旨を伝えてくれていたから少し心配ではある。

それともテスト週間だから気を使ってくれているのか。

祈莉に何かあればきっと嵐山先生か祈莉の家族から何かしらの連絡は来ると思うから今は勉強に集中することにした。

「百点って……」

そう言いながらまんまと乗せられてしまい、いつも以上に勉強に力が入る。

「如月ー。今から皆でハンバーガー屋行って勉強するけど来る～？」

辻岡たちからの誘いに少し迷ったけど、絶対勉強しなくなるやつだ。

「今日財布忘れたんだよ。また誘ってくれ」

「貸すよ？」

「どうせ利子付きだろ。誘ってもらったってことだけ嬉しく受け取るよ」

「バレたか。おけ、また誘う～」

ぞろぞろとハンバーガー屋に向かう皆に手を振り、教室に残って勉強に戻った。

外はなんだかうす暗くて、少し肌寒い。

カバンから財布を出して自販機に向かった。

購買の前を通って少し思い出す。

コーヒーメーカーのカフェラテ。

まぁいっか。

そのまま通り過ぎて自販機に一三〇円を入れる。

出てきたホットコーヒーを手に取り教室に戻った。

ペットボトルの蓋ってほんと開けにくい。

いつも太ももに挟んで開けるけど温かいからずっと力強く挟んでると熱い。

ちょっと、全然開かないんだけど。


「開けてあげようか」


自分の頭より上から落ちてきた言葉に顔を上げる。

「あぁ、清水か」

「あぁって何よ。財布忘れたとか嘘ついちゃって。ほら貸して」

なかば強引に僕からペットボトルを取ると、いとも簡単にパキっと音を鳴らして蓋を開けた。

「ありがと」

「探求以来だね。しゃべるの」

「そうだね」

夏休み明け、清水との気まずい感じを察されないように気をくばっていたから必要以上の会話はしていなかった。

探求は大成功に終わり、先生からそれなりにお褒めの言葉を貰った。

それからなんとなく辻岡たちとはつるみがある。

今思えばろくにしゃべったこともない僕の誕生日にチーズケーキをくれるやつなんだから、相当いいやつなんだろ。辻岡は。そんなやつとつるんでるんだから鈴木や青山もいいやつだって不思議なことはない。

「ねぇ、蓋を開けたお礼にさ」

「別に頼んでないよ」

「ごめん、普通にお願いがあるの」

僕の前の席の椅子を引き体は横向きで顔だけこちらに向けて、頬杖をついてしゃべった。

「私ね、祈莉ちゃんに会いたいの」

「何言ってるの？」

「謝りたくて。祈莉ちゃんのこと何も知らないのに勝手にひどいこと言った」

「別に祈莉は知らないんだからいいでしょ。逆にそんな風に言われてたんだって知っちゃう方がしんどいと思うよ」

「私が嫌なの。心がムズムズする」

ほんと、どこまでも自分勝手だなと、そう思った。

清水のこの無責任な正義感は、祈莉には凶器だ。

純粋な祈莉を清水に会わせるわけにはいかない。

「そんな簡単なことじゃないから」

視線をノートに落としてシャーペンを走らせる。

僕の中でこの話を終わらせたいという気持ちの表れだった。

だから今、清水がどんな顔をしてるのか分からない。

でもいつも話題を隙間なく提供してくる清水が何も言ってこない時。

それは清水が、大爆弾を投げるために振りかぶっている最中であることを知ってしまった分、この沈黙が怖かった。


「そう言うと思ったよ」


そう言い、僕の視線とノートを一直線に結んだ線上にスマホを置いた。

「は？　なんだよこれ」

写真に写っているのは僕の通ってる病院。

すなわち祈莉が入院している病院だった。

「言ったでしょ？　私、人の心が読めるの」

「変な冗談よせよ」

ふつふつと怒りが込み上がってくる。

でもそれと同じくらい、この空間で真顔で冗談を言う清水が怖かった。

「ごめん。これは本当にたまたま梨久君を見かけて、興味でついていっちゃった」

〝興味で〟って。

その行為はストーカーだぞとかそんなことは今どうでもよくて、

「祈莉に会ったのかよ」

今はこれが分かればよかった。

「会ったよ」

頭を抱える。

何してんだこいつ。

「ずいぶん緩いシステムなんだね。梨久君から頼まれごとされてきましたって言ったらすぐ通してもらえたよ」

僕と祈莉の通院歴が長く、看護師さん、受付の人、先生たちに顔が広いことがここにきて最悪な結果を招いてしまった。

「何しゃべったんだよ」

「うーん、恋バナ？」

「ふざけるのもたいがいにしろよ」

その言葉を聞いて、頬杖をついて前のめりになっていた清水はスッと後ろの机に背中を置いた。

「祈莉ちゃんのことになるとそんな顔できるんだ。私初めて見た。梨久君のそんな顔」

「お前、馬鹿なんじゃないの」

だから、なんで清水がそんな顔するんだよ。

僕だって初めて見たさ、清水のそんな顔。

まるで自分のおもちゃを取られて怒る子供のような顔。

「私だっておかしいと思うよ。それでも私はそれくらい本気なの。梨久君のことが」

その言葉を聞いてすぐ、ずっと自分の中にあって、でも言っちゃだめだとしまい込んでいた言葉の箱が開く音がした。

「清水が好きなのは僕じゃない。ハンデを背負う僕に尽くす自分だよ」

清水の顔は怒りに侵食されていった。

なんとも不服そうな、歪《ゆが》んだ表情で少し声を震わせる。

「なに、それ」

「今、顔が歪んだのはずっと僕に対して〝してあげてる〟って思ってたからだろ？　漫画とかで出てくる〝ハンデを背負った人を差別なく助ける、皆と少し違う感性を持った儚《はかな》き女の子〟を演じるための道具に僕や祈莉を使うなよ。その自分勝手な行動が僕たちにとってどれくらいしんどいか知らないくせに」

言い切って、雑に教科書とノート、筆箱をカバンにしまいぅ僕に清水は口を開いた。

「どうして。どうしてそんなこと言うの。皆そう。都合のいい時だけ私の名前を呼んで、いらなくなったらクシャクシャポイってするの。なにをすれば私は大切にしてもらえるの？　他の子と私は何が違うの？　もうこれ以上傷つきたくないからと人に期待することを諦めた私がようやく見つけた引き出し。それさえも否定される」

清水の叫びに背を向け、教室を出た。

「おねがい行かないで……これ以上独りにしないで」と言う清水を振り返ることなく。


心が騒がしい。

早く、早く病院へ。

明らかに僕も正気ではなかった。

よく通る道のはずなのにすごく遠く感じる。

走っても走っても着く気がしない。
空がさらに暗くなってきて胸騒ぎがする。
最近祈莉から連絡が来なかった理由は、清水か。
この三日間、祈莉はどんな気持ちで過ごしていたんだろう。
異変に気づいてこっちから連絡を入れるべきだった。
後悔が渦巻いて走るスピードも上がる。
「わっ」
急にグンッと左袖が引っ張られ体が大きく傾いた。
なんだよもう。
振り返ると植木に袖が引っかかっていて全然取れない。
こんな時まで邪魔してくるのか。
怒りに任せて強引に引くとぶちぶちという鈍い音がして制服が破ける。
それでも制服の心配は他所《よそ》においてまた走った。
僕には一人の人にこんなに必死になれる力があったんだと少しだけ自分に驚いた。
「院内は走らないでください！」
背中にかけられた言葉を無視して祈莉の病室へと向かった。

エレベーターがやけに遅く感じてボタンを何度も押してしまう。
急いだところで何も変わらないことは分かってる。
やましいことだって何もない。
でも気持ちが焦ってどうしようもなかった。
落ち着け。祈莉だってこんな状態の僕が来たら驚くだろう。
清水のはったりっていう可能性だってあるじゃないか。
そうだ。清水の嘘かもしれない。
落ち着け。
落ち着け。
大きく深呼吸して病室の前に立つ。
汗をぬぐってノックをした。
「はい」
ひどく弱々しい声。
いつもより荒くドアを開けると、ぼーっと窓の外を眺めるだけの祈莉。
顔が見えない。
「祈莉、いきなり来てごめん。梨久だよ」
その声に祈莉の肩がぴくっと動くのが見えた。

ゆっくりこちらを振り返る祈莉を見て、言葉が詰まった。

一瞬、思考が停止する。

祈莉は、泣いていた。

表情を崩すことなくただ目から涙が零れ落ちていた。

「どう、したの」

それしか言えなかった。

「なにもないよ」

「なんもないわけないだろ。どうしたんだよ」


「もう、来ないで」


ボソッとした声が大げさに僕を突く。

いきなり発された言葉に頭が追いつかなかった。

首を切られたことに気づかない、みたいな。

「え？」

そんな情けない声しか出せない僕とは違って、祈莉ははっきりと僕に刃を向けた。

「梨久君の友達だっていう子が来てくれたの。菜々ちゃんっていう子。すごく良い子で、すごく優しくて、すごく賢い子だね」

「なに言われたの」

「ガールズトークだからね。それは秘密」

シーっと口元に人差し指を立てる祈莉は静かに笑っていた。こんな時でも。今にも壊れそうな仮面をつけて。

「でもね」と続ける祈莉の口を塞ぎたい衝動に駆られる。それ以上は聞きたくなかった。

　ここで僕が耳を塞いでいたって祈莉は気がつかない。

　その思考に心底うんざりした。

　僕は祈莉の見えないことを利用しようとしたんだ。今。

「菜々ちゃんの話を聞いて、幻滅したっていうか。ちょっと引いたっていうか。まぁそういうことだから。夏休みもずっと菜々ちゃんと遊びほうけてたんでしょ？　私が検査で苦しい思いしてたのに。だから、もう来ないで。裏切者」

　冷たく言われる。そのまま祈莉は僕に背を向け、布団に潜り込んでしまった。

　まるで「もうお前に話すことはない。さっさと帰ってくれ」と言われているようだった。

外は、雨。

まるであの日みたいだ。

気がつくと病院の外を傘もささずに歩いていた。

大雨なのに。

頭の中が真っ白だ。

僕、今まで何してたんだ。

色の勉強も点字の勉強もテストの勉強も。

なんのために？

僕はあのあと祈莉に何か言い訳をしたのだろうか。

もう、どうでもいいか。

今さら清水に会話の内容を聞き出そうとも思わなかった。


真っ暗な自室に電気もつけず立ちすくむ。

「くっそ……！」

視界に入った写真集を勢いよく全部机の上からなぎ倒した。

部屋にバサバサと虚しい音が響く。

無造作に開かれたページに写る世界の絶景や美しい一時の写真たちが今はむしろうざったい。

今このきれいな景色たちは僕の気持ちと真逆。色相環《しきそうかん》の補色色相の配色みたいに遠いところにあった。

ベッドに横になりたくて一歩踏み出した時、クシャという音が足元でして反射的に見ると、写真集の間に挟んでいた義手のパンフレットにしわが寄っている。

「なんなんだよもう」

それを拾い上げこれでもかというくらいグシャグシャに丸めて勢いよくゴミ箱に投げ入れる。


何もかもどうでもよくなった。

勉強も、頑張る目的がなくなったからあまりしなくなった。

息をするだけの生活に戻る。

僕の世界から色がなくなった。そんな感覚だった。


「なぁ如月〜。個表見せろよ」

「いいよ、はい」

「うわ、こいつまた十位なんだけど」

「まじかよ。ここ二、三日くらい全然勉強してなかったくせに」

皆が僕の個表にワラワラと群がる。

七十五点〜九十六点の数字が並ぶ個表。

この結果に満足も何もしてなかった。悔しいとも思わない。


「なぁ、ボルダリング行きたいんだよ。付き合ってくんない？」

僕の発言に一瞬、皆の時間が止まったのが分かる。

「ボルダリング？」

「いいけどさ。如月がいいのかよ」

気を使われる。

そりゃそうだろ。

素人がどうやって片腕でボルダリングなんてやるんだ。

「うん、一回行ってみたかったんだ」

皆で顔を見合わせていた。

なんとも気持ちの悪い時間。

「如月がいいなら全然いいんだけどさ」

「お、おう。行こうぜ」


そういうわけで、男四人でボルダリングに行くことになった。

行くや否や、

「すみません、お兄さんは見学でお願いしますね」

とインストラクター的なお姉さんに言われたので、

「僕に腕がないからですか？」

と聞くと「如月……」と気まずそうに割って入られてしまった。

ボルダリングをやりたいと言ったのは僕なので僕ができないとなると皆はどう楽しんだらいいか分からない。

やりたかったのにできないやつを目の前にしてはしゃいでいいのか、でも楽しまないと。

大根役者たちは全然楽しくなさそうに、でもすごく楽しそうにボルダリングをした。

お姉さんには「こいつらなんで来たんだ」という顔で見られていた。

「如月、他にやりたいことねぇの？」

「パン作り体験」

「かわいいかよ」


そういうわけで後日、男四人でパン作り体験に行くことになった。

エプロンをつけて三角巾をつけてもらって、マスクをして手を洗う。

ボウルに材料を入れるところまでは難なくできた。

基本粉だから器に張り付くこともない。

でも僕が皆と同じようにできるのはここまでで、次の少しずつお湯を加えながらゴムベラでサクサクと混ぜるという工程でつまずいた。

ボウルの下に湿ったタオルを敷くと滑らないというのは普段の自炊で培った方法だけど、いかんせん工程が多くて嫌になる。

お湯を少し入れて、置いて、ヘラを持って、ガタガタと揺れるボウルをなんとかお腹も使いながら支えて混ぜる。そしたらまたヘラを置いて、お湯を入れて……。

皆より手間と工程が多いからいちいち説明も止まる。

パン生地を伸ばす作業もこねる作業も形を作る作業も全部全部へたくそでいびつな形が出来上がった。

「個性的な形ですね」

先生が言った最大限の誉め言葉。

結局パンはしっかりと混ざっていなかったのか、しっかりこねられていなかったのか、分からないけど僕だけぺちゃんこで美味しくなかった。


「バッティングセンター行きたい」

そう言った時、鈴木が呆れた顔をしたのが見えた。

「どうしたんだよ如月。変だよお前」

「変じゃないよ。息抜きだろ」

「息抜けてんの？」

「もちろんだよ」

あきらめたような顔だった。

なんでうんざりするんだよ。

気を使うこっちの気持ちも考えてくれって？

変なのは腕だけにしとけって？

うるせえよ。

明らかに自暴自棄になっていた。

自分でも自分を気持ち悪いと思った。

こんなやつうざいだけだ。

結局僕は全て空振り。

僕に気がついたバッティングセンターのおじさんに危ないと怒られて強制的に終了させられた。

怒られた僕を見て青山が言った。

「如月、無理するなよ。まじで。どうしたんだよ」

あぁ、気持ち悪い。

良いやつなこいつらにこんなにうんざりされてるんだ。

僕って相当ヤバイやつなんだよな。多分。

こんなわがままにここまで付き合ってくれてさ。

こいつらの優しさにつけ込んでわがまま言って、ちょっと腫物扱いされると「気持ちが悪い」と不機嫌になる。

でもやっぱり〝こいつらはマジョリティだから〟と線引きする僕には全部が気持ち悪くて、全部の居心地が悪かった。

僕、めんどくさ。

誰も何も言わない帰り道。

「僕、ここだから」

と本来の最寄りよりも三駅早く電車を降りた。
もう、死にたくなるくらいアウェイだったから。
耐えられなかった。
辻岡とも鈴木とも青山とも、せっかく少しだけ仲良くなれたと思ったのに。
せっかくちゃんと、友達でいてくれたのに。
皆を遠ざけたのは僕の方だ。
腕のせいか？　いや、これは僕自身の問題だろ。言い訳すんな。
皆に手を振ったあと、車窓に映る自分の醜さを、僕は一人鼻で笑って皆に背を向けた。
何してんだろ。

RGB

0 0 255

CMYK

92 75 0 0

第十章

大切

#0000FF

今日は病院に来た。

祈莉に会いにではなく、

「梨久君、久しぶりだね。腕診るよ」

自分の検査のため。

いつもと同じことを聞かれて、答える。

先生は病室に来なくなった僕のことをどう思っているのかな。

祈莉から話を聞いて僕に幻滅しているかもしれない。

病院の人たちも、祈莉の家族も皆僕に幻滅してるんだと思う。


「祈莉ちゃんと何かあったの？」


それを聞く口が少し重そうな理由はやっぱり僕に幻滅してるからなの？

祈莉から何を聞いたのか、今さらになって気になってしまう。

今の僕にはどこまでの人が敵なのか、分からなかった。

何も言えずに分かりやすく俯いてしまう僕を見て看護師さんと先生が顔を見合わせている。

「祈莉ちゃん、最近本を全然読まなくなったんだ。ぼーっとしてご飯もあまり食べてくれなくてね。どうしたのか聞くと〝私が悪いんです〟って。それ以上は何も言ってくれなくて。誰にも気づかれないように夜一人で静かに泣くようになったんだよ」

「梨久君、何か知ってるかなって」

大人の余裕じゃないけど、話をうまく促してくれている気がした。

あくまで僕らの中立に立って双方の意見をちゃんと聞こうとしてくれているようで自ずと口が開く。

「祈莉には、もう来るなと言われていて」

その言葉で先生と看護師さんは驚いたように顔を見合わせた。

予想外？だったのかな。

「祈莉ちゃんがそう言ったのかい？」

「はい」

「……最近ずっと祈莉ちゃんの様子がおかしい」

さっきとは違って神妙な面持ちでしゃべりだすから変に背筋が伸びてしまう。

「今までお母さんや看護師さんたちがサポートしていたことを〝一人でできる〟って言い張って手を貸すことをひどく嫌がるようになったんだ。そのせいでたくさんこけたり、階段から落ちそうになったり、ご飯をこぼしたり、やけどしそうになったりで目が離せない。それでもやっぱりできないことの方が多いからそれに怒って癇癪《かんしゃく》のようなものを起こすことも多々あるんだよ」

まるで自暴自棄だ。

祈莉に会わなくなった期間の僕と同じ。


〝普通〟だったら。

どうして自分がこんな目にあわなきゃいけないのか。

今までの人生でもうあきらめていたはずの気持ちが爆発して〝自分だって前まではできてたんだ〟とできなくなったことを認められなくなった。

これは明らかに大切な何かを失った大きな穴を埋めるための気持ちの代用だった。

それが自暴自棄になって無茶苦茶をしてしまう。

多分そういうことなんだと思う。

僕には祈莉の気持ちが痛い程よく分かった。

看護師さんがこちらに少しだけ近づいて話を始めた。

「祈莉ちゃんね。泣いてる時ほんとに苦しそうなの。私たちが梨久君の話をしてる時、今まではヒマワリみたいに顔を明るくしていたのに、最近は梨久君の話をした時が一番辛そう。まるで梨久君に〝ごめんね〟ってずっと言ってるみたいで。祈莉ちゃんみたいな余命があまり長くない子って一度そうやって大切な人を遠ざけたがるの。映画とかでよく見ない？　そういうシーン。祈莉ちゃんは自分が死へ近づいてる恐怖と大切な人を悲しませる申し訳なさ、大切な人がいることで死ぬのが怖いと思ってしまうことに混乱して、そんなこと言っちゃったんじゃないかな」

本当に、そうなのかな。

そうだとしたら僕が今すべきことは？

祈莉をこれ以上傷つけたくないと、物分かりの悪いやつだと思われたくないと、そう思っていたけど本当は祈莉のことから逃げているだけだったのかもしれない。

「祈莉ちゃん、病室にいるよ」

その言葉を聞いて、すぐに立ち上がった。

軽くお辞儀をして診察室を出る。

向かうのは祈莉の病室。

僕は馬鹿だ。

約束したじゃないか。ずっとそばにいるって。

「祈莉」

ノックも忘れて病室に入る。

「え……？」

ベッドからゆっくりゆっくり身体を起こす。

やせ細り顔色も青白くてベッドから起き上がるだけで少し息が上がっていた。

「梨久君？　なんで」

「そう、梨久。いきなり、ごめん。あのさ」

「来ないでって言ったのに」

僕の言葉を遮る祈莉の言葉は強くて、初めてのことにひるんでしまう。

それでも負けない。

ここで負けたらさっきまでの僕と同じだ。

もう、逃げない。

「ごめん。でも、聞いてほしい。僕さ祈莉に来ないでって言われてから世界から色がなくなったみたいだったんだ。前の、祈莉に会う前の、ただ息をしてるだけの世界だった。うまく言えないけどさ、僕が祈莉に色をつけてるんじゃない。僕が祈莉に色をつけてもらってたんだ」

祈莉はまだ、僕を睨《にら》む。

でも、それも仮面なんでしょ。

悲しいよ。そんなの。

「目が見えないとか、もう先が長くないとか、そんなことは僕らの関係にはどうでもいいんだよ。祈莉の全部をひっくるめて柊祈莉という一人の人間を大切に思ってる。祈莉との空間が心地いい。こんな風に思えたのは祈莉が初めてなんだ」

　この言葉が祈莉の何か、線のようなものをプツンと切った。

「梨久君はなんにも分かってないよ。私が死んだら梨久君は他の子と仲良くなって、新しい友達を作って幸せになっていくの。私のことなんて忘れて幸せになるんだよ。それはすごく嬉しいことだって分かってる。死のうとしてた梨久君が幸せを手にして生きていく。素敵なことだよ。分かってるの。でも、それを願えない自分がいるの。私のことを忘れてしまうことを嫌だと思う私が邪魔するの。そんな嫌な気持ちが少しでも見える自分が大嫌い」

　息が上がる祈莉が心配になるけど、まだ言いたいことを吐ききれていない祈莉の話は遮らない。

「私はどこかで梨久君の一番になりたかった。一番楽しい、一番楽、一番仲良し、一番理解されてる、一番辛そう、一番大変そう、一番頑張ってる。なんでもよかった。なんでもいいから梨久君の一番になりたかった。それでも菜々ちゃんがきて、〝あぁ私って特別でもなんでもなかったんだ〞って思った。ずっと特別が嫌だったのに、初めて特別じゃないことが辛かった。私だって梨久君と一緒に外を歩きたい。電車に乗ったり散歩したり他愛のないことをしたい。わがままなことは分かってる。それでもそういうことを梨久君がしたいと思うのは私だけが良かった。〝私が死んだら、私のことは忘れて幸せになって〟なんて綺麗事《きれいごと》、私は言うことができない。気持ち悪いでしょ？　病気になってから毎日が不安で怖くて辛くて、でも明るくしていないと皆いなくなっちゃうから頑張って頑張ってそうしてた。私の本心を聞いた今、きっと梨久君もいなくなっちゃうんだよ。そして私は思い出にもされずに消えていくの」

ボロボロと涙を流し、初めて本音を言う祈莉に気持ち悪いとか、重いとか、そんなことは何も思わなかった。

誰かの一番になりたい。

忘れられるのが怖い。

普通を生きたい。

今日もどこかで生まれている〝独占欲〟〝孤独感〟。

人間らしい。何もおかしなことはなかった。

ただ、祈莉は小さい頃から抱える苦しみやトラウマが人よりもすごく大きくて、それをどうしたらいいのか分からないだけなんだ。

感情の引き出しからあふれてあふれて、自分でも収拾が付かなくなってしまっているんだ。

だから、僕が少しだけでも受け取れたらいいなとそう思った。

息を整える祈莉に無言は酷だから、思ったことを言おうってわざと靴の音を立てて祈莉に近づいた。

「祈莉が〝大切な言葉〟って僕にくれた言葉、ずっと意味を考えてたんだ」

ヒクっと祈莉の肩が上がる。

「今、分かった。祈莉、君は僕の中でずっと生き続けるよ。忘れるわけない。僕の世界に色をつけてくれた人のことを。僕に楽しいを教えてくれて、点字を教えてくれて、〝普通〟を感じることができる時間をくれて。そんな人のこと忘れられるわけないよ」

椅子を引く音を立てて祈莉の正面に座る。

祈莉はあふれてやまない涙をまだたくさん溜めた目で視線を振って僕を探すから、祈莉の視線まっすぐに僕の視線を合わせた。

「僕も普通になりたくて、というか戻りたくてずっとあがいてた。祈莉と離れた時も。祈莉は僕に〝普通〟っていう特別な時間をくれた。自分のことで父さんともたくさん喧嘩《けんか》した。何度ぶつかっても言えなかったことがあるんだ。僕は……」

ずっと、ずっと認められなくて。言葉にすることすらできなかったこと。

僕の言葉を祈莉は受け取ってくれるのかな。

弱みをさらけ出しても「かっこ悪い」って幻滅しないでくれる？

祈莉は自分の心のうちを僕に話してくれた。過去のトラウマに震えながらこんなにも一生懸命に。

分かるんだ。僕も同じだから。怖いんだよ、本音を言うのが。嫌われるのが。弱い自分を認めるのが。

でも、言うよ。祈莉の本音に僕もぶつかりたいから。

「……僕は、腕のない自分を認めるのが、怖かった。それでも〝それでいいんだ〟って。認められないことも、認められるように頑張ることもそれも人生だって今なら思える。僕にそう思わせてくれたのは紛れもなく、祈莉だよ」

〝だからさ、一緒に頑張ろうよ〟

祈莉に貼り付いてずっと取れないでいた仮面をそっと取るように祈莉の涙をぬぐった。

その手を小さい子供みたいに優しく握った祈莉は今にも消えてしまいそうで、この子に心から、本心で笑って生きてほしいと強く、強く思った。


帰り道。
▼復習『・・・・・・・・・・・・』

▽クイズの答えは『ありがとう』　こちらこそありがとう

RGB

0 100 0

CMYK

88 50 100 17

第十一章

決断

#006400

廊下を歩いているとふっと吐いた息が白く上がる。
もう学校指定のカーディガンだけで歩くのは学校の中といえども寒くなってきた。
あの日以来、辻岡たちとはそれとなく疎遠になってしまっていた。
掃除当番の仕事であるゴミ捨てを終え、教室に戻っている時だった。
誰かが教室で話しているのが聞こえる。
もうとっくに皆帰ってるものだと思ってた。
なんとなく教室に入る気になれず、そっと聞き耳を立ててみる。
「辻岡、お前もう如月のこと一回忘れろよ」
急に聞こえる自分の名前に心臓がドキッと音を立てた。声の主はきっと青山だ。
ヤバイこれ、聞いてちゃまずいやつ？
自分のためを思って逃げるべきか。
いやでもカバン、教室の中だ……。
どうしようどうしようと悩んでいるうちにも会話は進んでいく。
「そうだよもういいじゃん。俺らはそれまでの関係だったんだって」
鈴木の声。
やっぱり、あの日以来三人は僕との間に一線引いてたんだ。
あのあと、悪口いっぱい言われてたんだろうな。

しょうがないだろ。言われてもおかしくないことしたんだ。

でもやっぱり、あいつら三人がいいやつだったがゆえに、この三人にすら嫌われたんだと思うと自分が心底嫌になる。

今まで腕のせいにばかりしてきたけど、結局は自分の性格だったわけだ。

なんであの時、もっと大人になれなかったんだろ。

なんであの時、自分の中で自分の感情をもっと押し殺せなかったんだろ。

後悔ばかりが押し寄せる。

皆の少しの沈黙のあと、辻岡が口を開いた。

「俺はさ、あの日の如月だけを見て如月の全部を見た気になるのは違うと思うんだよ」

その言葉に、息をのむ。

「ずっと頑張ってくれてたじゃん？　如月さ。自分がハンデ背負ってるからってやりづらいこととかたくさんあったと思うんだよ。でもあいつ探求も〝僕はなんもできないから〟とか言いつつ面倒ごととか色々引き受けてくれてたしさ。あの日の一件だけで如月を決めるのは違うんじゃないかって、思うんだ」

辻岡の言葉のあとに間はなかった。

すぐに口を開いたのは鈴木。

「もし、それまでの如月が仮面をかぶった如月で、あの日の如月が本当の如月だったら？　わがままで自分勝手なやつに付き合っていくのはごめんだね。そんなの疲れるだけだ」

「仮面をかぶった如月だったとして、それをはぎ取りたくなる何かがあったとしたら？　……うまく言えないけどさ、あいつに何かあったのかもしれないじゃん。俺らはその時に如月に寄り添うべきだったんじゃないの」

辻岡の言葉が心に刺さる。

そんな風に思ってくれる人、いないよ。

なんでそんなに優しくしてくれるんだよ。

今は辻岡の優しさがどうしようもなく辛かった。

「確かにそれは俺も思う。あの日の如月は確かにちょっとおかしかった。でも今冷静に考えればあれくらいのわがまま、人によっちゃ流される人もいると思う。俺とか鈴木は、如月はいいやつだからって勝手にポジション決めてそこから如月が少しでもずれたら〝自分勝手〟〝付き合いきれない〟って思っちゃったけど如月からしたら〝勝手に性格決められてそこから外れたはいさよならかよ〟って思えちゃうんじゃない？」

「違う！　そんなことない」

気がついたらドアを開けて飛び出していた。

飛び出してコンマ数秒、後悔した。

顔が熱くなるのを感じる。ずっと聞き耳を立てていたことがバレてしまうじゃないか。

それにこんなの、らしくない。

「如月……？　いつからいたの」

辻岡が言葉を詰まらせる。

「ご、ごめん。ゴミ捨てから戻ってきたら三人が話してて。十分前くらいから」

「聞いてたなら話は早い。如月、答えろよ」

辻岡をグッと押して鈴木が前に出た。

「もし、あの日二人が言うようにお前に何かあったんだとしたら、何がお前をああしたんだよ。俺らのこと友達だと思ってるなら教えろ。別にそうじゃないなら言わなくてもいい」

さすが鈴木だ。頭が切れる。

僕が彼らの誤解を解くには、あの時僕に何があったのか説明することが必須条件となった。

大きく息を吸って、吐く。

もう、間違えたくなかったから、自分から発せられる言葉に責任がのしかかって重たい。

「あの時、確かに自暴自棄になってた。腕がなくなって本当に絶望してた毎日の中で僕なんかのことを救い上げてくれる光に出会ったんだ。それが消えてしまった時だった。なんか、全部どうでもよくなっちゃって。三人のことをないがしろにしていいって思ったわけじゃないんだけど。でも、皆優しいからそれに甘えたんだ。ほんと、ごめん」

祈莉と出会ってから人とちゃんと向き合えるようになった気がする。

今まで自分はこういう性格だからとか人と向き合ったところで腫物扱いされるだけだとか、なんならこうやって本音をぶちまけてぶつかるとかちょっと恥ずかしくて言い訳を並べて逃げてきたけど、ちゃんと正面から向き合いたい、この人たちには見捨てられたくないって人たちと出会えてなかっただけなんだ。

「おい如月」

鈴木の顔は依然強張ったまま。いい答えが返ってくるとはとうてい思えないな。

辻岡も「おい鈴木」となだめに入ろうとしてる。

でもいいんだ。こっちの言いたいことだけ言ってそれで「はい分かりました」って相手を我慢させる方が嫌だし、本心で言ってくれてるとしてもそんなできすぎた話あるはずない。

ここはアニメやゲームの世界じゃないんだから。

そんな覚悟を持った僕に鈴木が発した言葉。それは、

「お前、片思い中の乙女かよ」

という言葉と軽いグーパンチ。

「え、え?・」と困惑することしかできない僕を三人はケラケラと笑うだけだ。

「いやお前そんな顔できたんだな。俺が惚れそうだったわー」

「な、ほんと。如月普段省エネだからギャップがなんか嬉しかったぞ」

「言葉は、ちょっとくさいセリフだったけどな」

なんでも僕の真剣さに三人とも度肝抜かれたらしいけど、あまりにも僕が言った言葉をリピートして真似してくるから恥ずかしくて仕方ない。

その日は四人で焼き肉に行くことになった。

人生で初めてクラスメイトと食事なんてしたからなんだかむず痒い。

いつも基本ご飯は一人だから、誰かと食べるご飯は母さんが生きてた時以来。楽しかった。

今日はとりあえず一歩踏み出せた自分を褒めて、僕を受け入れてくれた皆に感謝をして布団に入った。

「わ、雪降ってるよ」

「え、嘘。どれくらい降ってる?」

「小粒の雪がちらちら舞うくらいだけどきれいだよ。初雪だね」

室内が暖かいから外の寒さは予想がつかないけど、もうこんな季節なんだと二人で笑った。

「昔、自分よりも大きな雪だるま作ったことあるの。すごいでしょ?」

「それはすごいね。病院の屋上に積もったら作りに行こ」

「いくいく!」

そんな会話をしていた時だった。

病室のドアがノックされ、嵐山先生と祈莉の家族がなにやらニコニコしてやってきた。

「梨久君もいたんだね。ちょうどよかったよ。二人にビッグニュースです」

いつもよりテンション高めの嵐山先生はピッと人差し指を立てて得意げだ。

「なんだろ」

と祈莉も身を乗り出す。

「祈莉ちゃん、最近検査の結果いいでしょ?」

「私、頑張ってますもん！」

「そう、だからそんな頑張り屋の祈莉ちゃんと、それをサポートしてくれてる梨久君にご褒美です」

「ご褒美？」

「祈莉ちゃんに一日、外出許可を出すよ」

その言葉に祈莉は「えっ！」と声を上げ、僕も「ほんとですか?!」と目を見開く。

その様子を見て大人たちは満足げだ。僕たちは驚きを隠せないでいた。

祈莉の体調は確かに回復してはいたけど、すごく悪い状態から少し悪いに変わっただけで病状がよろしくないことは皆分かっていたから。

少しの不安もあるけど、やったやったと喜ぶ祈莉を見て余計な心配かなと口角が上がる。

でも。

「あの、僕でいいんですか。ご家族との方が……」

せっかく出た外出許可。

たった一日だけの特別な時間を僕なんかよりずっと支えてきている家族と過ごした

方がいいに決まってる。

僕の問いかけに祈莉の家族は「何を言ってるの」とまた笑った。

「祈莉と一緒に行ってきてあげて」

「そうそう、祈莉を頼んだよ」

なんで、どうして、本当にどこまでもこの家族は優しい。

お姉さんも「祈莉、梨久さんと行きたい所ちゃんと考えときなさいよ」なんてノリノリだ。

「祈莉はいいの？」

確認を取る僕に「もちろん！　ねぇ私海行きたい」と元気いっぱいだ。

皆の気持ちにちゃんと応えたい。

祈莉の貴重な一日、いい思い出にしてあげたい。

このチャンスを後ろめたさに変えるんじゃなくて、前を向くためのエネルギーとして受け止めた。


「海？　冬なのに？」

「うん！　もちろん見るだけで我慢するから！」

こんな真冬に海に行きたいという祈莉のビックリ発言に病室が笑いに包まれる。

「分かった。海行こう」

僕の言葉に「やった！」とまたガッツポーズをして見せてくれる。

「じゃあ今日は帰るよ。色々調べてくるね」

「ありがと、楽しみにしてる。またね！」

祈莉と家族、先生に会釈をして病室をあとにした。

祈莉の外出許可。

僕も分かりやすく浮かれてるのかもしれない。


外に出られるのは一週間後。

そのための準備が行われ始めた。

最初は皆が車椅子を推奨したけど祈莉が歩くと言って聞かなかったから、たくさん歩く練習から。

白杖《はくじょう》を持って長時間出歩くことは初めてらしいし、何より二人とも障がいを抱えてるということが大きな壁。

リハビリ室に色んな障害物を置いて、祈莉がある程度一人で進めるようになるまで皆で見守りながら練習を重ねる。

僕も人の支え方だとか、祈莉への合わせ方、乗り物やエスカレーターとかの乗り方などたくさんのレクチャーを受ける必要があった。


「わっ！」

ガシャンと大きな音が鳴って、障害物につまずいた祈莉の手から零れ落ちる白杖。

「ここだよ」と言ってあげたい気持ちをグッとこらえて、今は祈莉が一人で立ち上がれるまで見守る。

あと少し右に手を伸ばせば白杖だったところで、違う場所へ手をついてしまってなかなか見つけられない。

見かねた祈莉のお母さんが「祈莉、拾おうか」と声をかけても「大丈夫！」と笑いかける。

皆が「頑張れ、頑張れ」と見守る中、

「あった！　これだ！」

そう嬉しそうに白杖を持ち上げる祈莉に、リハビリ中の他の患者さんも拍手を送った。

「祈莉すごいね、おつかれ」

少し歩いて、白杖を探していただけでも祈莉の額にはうっすら汗が滲《にじ》んでいて、責任の重さを感じる。

　僕がちゃんと守らなきゃ。

　そういう覚悟を日々のリハビリで感じていた。


　ある日、リハビリ室のベンチに座り汗をぬぐうおじいさんがニコニコしながら祈莉を指さした。

「彼女さん？」

「い、いいえ。彼女じゃ、ないです」

　明らかに動揺してしまって言葉が詰まる。

　結局僕らの関係って友達でいいのかな。

　友達になれているのかな。

　祈莉は僕のことをどう思ってるんだろう。

　人からの自分の価値について今までさほど考えずに生きてきたから難しい。

　クラスのやつと同じ感覚かと言われれば全然違う。それは祈莉が女の子だからなのかな。

「彼女さんじゃないのかい。それは失礼。兄ちゃんすごく幸せそうな顔して見てるから、てっきりね」

まるで若い頃の自分を見ているようだよ。とおじいさんは笑った。

〝幸せそうな顔〟

そう言われて少し頬が熱くなる。

僕、どんな顔してたんだろ。

確かに微笑ましく見てはいたけどさ。


「お父さん、行きますよ」

「はいはい、今行くよ」

おばあさんが迎えに来ておじいさんはリハビリ室をあとにした。

手をつないでお互いの顔を見て話す横顔を見て〝幸せそうな顔〟がなんとなく分かった気がした。


「梨久君、いよいよ明日だね」

今日のメニューを終えて汗を伝わせながら、祈莉が手を引かれてやってくる。

この一週間のうちに祈莉の病状が悪化することも考えられたけど、祈莉は今日まで元気に過ごせていた。

これなら大丈夫と嵐山先生も安心してるみたいだ。

「祈莉ちゃん今日は早く寝ないとね」

「わくわくしすぎて寝れないかも」

「寝坊したら梨久君に叩き起こしてもらわないと」

実は僕も楽しみで眠れるか分からないということは皆には内緒で「叩き起こしに来ます」と笑った。

楽しみなことはもちろんだけど緊張も同じくらいある。

でも多分それは皆同じだと思う。

皆それぞれが色んな緊張感を持って明日を迎えようとしているんだ。

それでも祈莉に少しでもいい思い出を、それも全員共通の気持ちだった。

どうか、祈莉に何も起こりませんように。

どうか、無事に一日が終わりますように。

そんな願いを胸に僕らは、外出許可日を迎えた。


「いいかい？　祈莉ちゃん、絶対に無理はしないこと、具合が悪くなったらすぐに言うこと、一人にならないこと。梨久君は手に負えなくなる前に必ず大人に頼ること。頼ることは悪いことじゃないからね。二人とも絶対に守るんだよ？」

「はい！　絶対に守ります」

「必ず守ります」

「よし！　楽しんでおいで。行ってらっしゃい」

皆に見守られて病院に背中を向けた。

祈莉に何かあった時は僕の責任だ。

そう胸に刻んで祈莉の手を引く。

でも祈莉は院内の外に出る時、足を止めた。

「大丈夫？」

フーと大きく息を吐いたあと、祈莉は強い顔でこちらを見上げて、

「ドキドキとワクワクが止まらないね」

そう言って自分から一歩を踏み出した。

僕らの特別な一日の始まりだ。


手をつないで一歩一歩、祈莉のペースに合わせる。

どうしても僕の右側だけしか祈莉を歩かせることができなかったから、右側が車道

の時はすごく怖い。

いつもの何倍も細心の注意を払って歩く祈莉はやっぱり冬の外でも汗ばんでいた。

「梨久君緊張してる？」

「え、なんで？」

「手が緊張してる感じした」

「緊張してるのはお互い様だったか」

私もバレてたかと祈莉が笑う。


なんとか電車に乗って、目的地まで揺られる。

結構大きな揺れが僕らのバランスを崩して危なっかしい。

祈莉だけでも座らせたいところだけど、あいにく席がいっぱいで支えは僕自身のみ。

右手は祈莉とつながれていてなんの支えにもつかまれないから揺れるたびに体が傾いてどう頑張っても頼りない。

どうしよう。

目的地まではあと十三分。

多分目的地の最寄り駅まで人は増える一方でさらに危険は増す。

「あの、座りますか……？」

「えっ？」

背後からかけられた声に振り返ると大学生くらいの男性と女性が二席空いてる席を指さしていた。

「いいんですか」

藁《わら》にもすがる思いだったけど申し訳なさも少し。

それでも二人は「もちろんです。座ってください」と笑顔で譲ってくれた。

「ありがとうございます」

「あ、ありがとうございます」

祈莉はちゃんと状況を把握できてなさそうだったから座ったあとで「席、譲ってくれたんだ。優しそうなお兄さんとお姉さんだったよ」そう説明する。

そのまま五駅、揺られ続けてようやく目的地。

降りる時も電車とホームの間の隙間に気をつけて慎重に降りる。

人に押されてはぐれてしまいそうで二人の手にさっきよりも強く力が込められた。

「祈莉、しばらく人ごみ続くけど頑張ろう」

「うん！　全然大丈夫！」

どうしても歩くペースがゆっくりだから人の波に乗りきれない。

「邪魔なんだよ」

そう言って僕らをわざと強く押しのけていく人もいた。

今はとりあえず祈莉が無事ならそれでよかったから、イラっとしても流して進む。

「は～人すごかったね～」

「ね、祈莉無事？」

「うん全然平気。ここどこ？」

「ここね、ショッピングモール。室内なら安全かと思ったけど電車が予想以上に人多くてびっくりしたよ」

「ショッピングモール！　楽しみ～」

そう言って目を輝かせてくれることに安心する。

祈莉がリハビリに集中できるよう、今日のプランは全て僕が決めたものだから。

ちゃんと海にも行くことだけ、事前に説明してある。

「細かく予定を決めてるわけじゃないから、縛られず行き当たりばったり楽しもう」

「賛成！」

一度ベンチに座って落ち着いたあとで、まずは腹ごしらえだとパンケーキ屋さんに向かうことになった。

少し前に話題になったお店だからあまり待ち列は長くない。

メニューを開いて何にしようかと話してるうちにあっという間に呼ばれた。

「お店の雰囲気はね、すごくシックな感じだよ。色に深みのある木材が使われていて、照明はモダンな雰囲気の淡いオレンジ色だから店内は薄暗いけど所々に緑が植えてあってうさぎとかカエルのかわいい置物が置いてある」

「置物？　かわいいね。近くにいる？」

「全部のテーブルに一匹いるみたいだね。僕らのテーブルは雨傘さしてカッパ着てるカエルがメニュー立ての隣に置いてあるよ」

祈莉もそのカエルをペタペタ触り「小さい！　きっとかわいいんだろうな〜」とカエルの置物と戯れていると、

「ご注文はお決まりになりましたか？」

とシェフのような格好をした店員さんが腰をかがめて言った。

「パンケーキ二つください」

「かしこまりました」

この店で一番の看板メニュー。

店に入る前から祈莉は絶対にこれを食べると決めていたみたいだし僕もせっかくならとこれを選んだ。

人生の中でこんなに大きくて甘そうなものを食べたことなかったから想像つかないけど祈莉はかなりの甘党らしく、

「食べきれなかったら私が食べてあげる。私胃もたれしないんだよね」

そう得意げに胸を張っていた。


「おまたせしました」

運ばれてきたパンケーキは僕らの顔よりも大きいんじゃないかというくらいのビッグサイズで、厚みがあってフルフルと震えてる。

パンケーキが来てもキョロキョロする祈莉を見て店員さんは不思議そうな顔をしたけど、すぐに立てかけてある白杖を見て、そしてパンケーキを受け取れない僕を見てハッとしていた。

「パンケーキお切りいたしましょうか」

優しい笑顔で言ってくれる。

でも祈莉は、

「人生で一度、大きなパンケーキを切ってみたくて。お気遣いありがとうございます」

と丁重にお断りしていた。

店員さんは「かしこまりました」とナイフとフォークを僕に手渡してくれて、優しいねと二人でしみじみ。

少し前までは煩わしく思っていた〝気遣い〟。

人から貰ったものを素直に「ありがとう」と受け取れるって、こんなにも気持ちがいいものだったんだ。知らなかった。

なんか、いいな。

そうは言ってみたものの見えない状態で切るのって難しい。

「祈莉から見て三時の方向に大きなクリームの固まりがあって十一時の方向にベリーとかバナナがトッピングされてるからね。どうやって切る？」

祈莉はうーんと迷って「とりあえず真ん中で半分にしようかな」そう決めて僕の方を見た。

祈莉の手を引いてひとまずフォークをしっかりパンケーキに刺して「ここ」とナイフを刺す位置の目星をつけた。

目が見えないとものを切るのも大変って想像はつくけど想像以上だった。

祈莉がナイフを引くとパンケーキはぐにっと曲がりうまく刃が入らないし祈莉はそれに気づけない。

二つに割れたパンケーキは切れたというよりちぎれたものだったけど祈莉は満足そうだし、いい経験ができたならよかったと僕も満足。

「パンケーキが柔らかくて切った気しなかった。小さくしてくれてありがとう」

結局最後は僕が小分けにしたパンケーキを口に運び、フンフンと嬉しそうな声を上げながら言った。

「柔らかくて美味しいね」

僕も初めてのパンケーキを頬張る。

口に入れた瞬間にシュワっと溶けてなくなるパンケーキは意外と甘さが控えめで生クリームとよく合う。

「そう言えば梨久君はパンケーキどうやって切るの？　今日は釘の刺さったまな板はないよ」

頬張ったパンケーキをごくんと飲み込み、思い出したように祈莉が聞いてきた。

「パンケーキね。これは柔らかいからちょっと勢いよくナイフを通せばそれなりに切れるよ。ある程度小さくできたらあとはフォークでケーキを切るみたいに細かくすれば一口サイズになる」

ほえ〜と感嘆の声を上げる祈莉は、その小さく切られたパンケーキをまた一つ口に入れた。

「そういう祈莉こそさっきからあまりフォークが迷ってないように見えるけどどうやってるの？」

祈莉はお皿の上をフォークや箸が迷ったり何もないところに刺したりということが少ない。

迷い箸は行儀が悪いといっても、祈莉の場合仕方のないことだとも思うけど。

「これね。元々見えてたからっていうのが大きいと思うんだけど、あんまり障がいを言い訳にお行儀の悪いことしたくなくて、結構練習したんだよね」

「練習？」

「そう、基本お皿に手を添えておけばお皿を見失うことはない。そしたら最初にある程度食べ物の位置を把握しておくの。ここは色々ツンツンしたりしないといけないけど、これぱっかりはどうしても回避できなくて。そしたらあとはお皿の左側から少しずつ攻める！」

祈莉のお皿は確かに左側から食べ物がなくなっていた。

なるほどな。それでもここまできれいに食べられるのはすごい。

相当練習したんだと思う。

「あ、でも私個人的に甘えたくなかったってだけで別に楽しく食事してくれれば〝障がいを言い訳にしてる〟なんて思わないからね！」

慌てたように訂正するから「分かってるよ」となだめる。

「〝自分は〟嫌だって感覚分かるよ。僕らは多分、少しだけ自分に厳しいんだろうね」

「分かってくれる？　そうなんだよね〜。自分に厳しいんだよ」

「じゃあ今日は存分に甘やかさないとね」

「うん！」

そう言ってお互い最後の一切れを頬張った。

「次どこ行こうか」

館内マップを開くとお店の数が結構あって、祈莉に説明するのはなかなか至難の業だった。

「あ、ねえねえ。ドラッグストアある？」

「あるよ、行きたいの？」

「ちょっと寄ってみたい」

まさかドラッグストアをチョイスされるとは思わなかったけど、今日は行き当たりばったりの日。

そうと決まればすぐにドラッグストアに向かった。

ショッピングモールの中のドラッグストアにしては結構大きい。

店員さんは濃い青のエプロンにオレンジ紐《ひも》のネームプレートをしていて、

「ここの店員さんの制服、補色の関係だ」

そっと祈莉に耳打ちする。

「補色？」

「うん。すっごい簡単に説明すると色相環っていう色を丸いわっかみたいにして割り振るやつがあるんだけど、それのちょうど反対方向に位置する二色を補色って言うんだ」

「梨久君、詳しいね。何色と何色の補色？」

「青とオレンジ。厳密には補色じゃないと思うけどね」

「すごく鮮やかな制服なんだね」

レジにいるバイトのお兄さんとお姉さんと目が合ってしまって見すぎたと反省。

「何か買いたいものがあったの？」

店内をキョロキョロとする祈莉は何か目的があったようには見えない。

「シャンプーとかトリートメントが売ってるところ行きたい」

シャンプーとかか。

店内が広くてどこにあるかがパッと分からない。

祈莉を連れてうろうろするには適していなさそうだし、

「お店の人に聞いてみよ」

「うん！」

とは言ったものの、あんまり得意じゃないんだよな……話しかけるの。

そんなこと言ってる場合じゃないと一息吐いて、

「すみません。シャンプーとかってどこに……」

ちょっと消え入りそうな声だったけど対応してくれたのはお姉さんで、

「シャンプーですね。こちらです～」

と案内してくれた。

しかも僕らの歩くペースに合わせてゆっくり歩いてくれる。

「シャンプーこちらです。商品取りにくかったらまたお声がけください。飛んで来ます！」

気さくなお姉さんに二人で「ありがとうございます」と頭を下げる。

今まで決まった商品しか買っていなかったし家の近所のドラッグストアはこんなに広くないから、この世のシャンプーだとかトリートメントの種類の豊富さにびっくりする。

商品を眺めている僕をよそに、祈莉はスリスリと商品の頭の部分を触っていた。

「梨久君、これはシャンプーでしょうか！　シャンプーじゃないでしょうか！」

一つの商品を手に取って問題を出してくる。

パッケージを隠してくるからどっちか予想がつかなかった。

「え、どっちだろ……。シャンプー？」

「ブー！　正解はシャンプーじゃないでした～」

「祈莉はどうして分かるの？」

「これがシャンプーなの。頭のところ触ってみて」

右手にシャンプー、左手にトリートメントを持って差し出してくる。

言われた通り触ってみると右手の方がギザギザしていた。

「あ、ユニバーサルデザインか」

「正解！」

聞いたことはあったけど実際ちゃんと触れて感じてみるのは初めてでその考えがすっかり頭から抜け落ちていた。

「成分表示とか値札とか全部点字にしてほしいところだけど、そうしたらこの世がツブツブだらけになっちゃうからね。それは嫌じゃん？」

「確かにツブツブだらけはちょっと嫌だな」

二人で点字まみれになった世界を想像して「うわ〜」と笑った。

結局手に取ったシャンプーと懐かしい駄菓子を持ってレジに並ぶ。

「シール貼ってお子様にお渡ししますね」

レジではさっき案内してくれたお姉さんが子供にお菓子を手渡して楽しそうに話してる。

その子もすごく嬉しそうに幼稚園での出来事をレジ中のお姉さんに話していてお母

さんも一緒になって笑っていた。

「すごく黄色って感じの空間だね。楽しそう〜」

「ね、お姉さん子供好きなのかな」

祈莉の言う〝黄色って感じの空間〟は、すごくぴったりの表現。

「お決まりでしたらおうかがいいたします」

その空間に見とれていてレジが空いていることに気がつかなかった。

祈莉の手を引いてレジまで進む。

「すみません。お願いします」

少し不愛想なお兄さんかと思ったけどすごく自然な流れで袋詰めまでしてくれて、気がついたらあとはお金を払うだけになっていた。

すごいな。

僕もちゃんとバイトしないといけない年に近づいてきているから、なんとなく目に留まる。

「お兄さんもバイバーイ！」

さっきの子供に手を振られるお兄さんだったけどひきつった笑顔を向けるだけで、そのあとに隣でレジをしていたお姉さんにバシッと叩かれていた。

僕もバイトするならこれくらい人間関係が良好そうなところで働きたいな。

「ありがとうございました」

といいう声を背にそんなことを考えていると、

「梨久君は子供に手振られたら振り返す派？」

と祈莉に顔をのぞき込まれた。

うわーどうだろ。

僕もグレーゾーンかもしれない。

「うーん。時と場合によるかも」

「子供苦手？」

「子供、好きだよ。でも得意ではないかな」

「と、言うと？」

「見る分にはかわいいなって思うし、別に泣き叫んでてもうるさいとか思わないけど
〝遊んであげて〟とか〝面倒見てて〟って言われるとちょっとなぁって」

「なるほどね。扱い方が分からないから少し怖いのかな」

「あーそれかも」

色々言ってみたけど多分一番の理由は、

「手を振る振らないに関しては手を振ってる自分を客観視した時に恥ずかしいのが大きいかも」

これだと思う。

この理由を聞いて祈莉は「そういうこと⁉　客観視したら負けだよ」と大笑いしていた。

「祈莉は子供好きそうだね」

「うん！　めっちゃ好き～。さっきのお兄さんは多分かなり苦手だったよね。返事してなかったもんね」

レジをしてくれたお兄さんのなんとも言えない渋い表情とその隣にいたお姉さんの「頼む、手を振ってくれ」と言いたげな顔を見るに、普段から相当苦手なんだと思う。

祈莉は多分その雰囲気を感じ取っていたのかな。

少しばかり空気が気まずかったから。


なんとなく進んでいたら辿り着いたペットショップで「こんな犬や猫がいるよ」と説明していた時に祈莉がぽつんと言った。

「子供好きが正義で子供嫌いが悪って考え方って残酷だよね」

目の前には三匹の子犬と一匹の母犬。

母犬は順番に毛づくろいをしていたのに最後の一匹にはしなかった。

祈莉にこの光景は見えていないと思うけど、その子たちをじっと見て言うから何か感じたものがあったのかもしれない。

「そうだね。皆それぞれどんな理由があるかは分からないからね」

「そうそう。あ、私ロシアンブルー好きなんだよね。いる？」

少し重くなってしまった空気をかき消すように明るい声色で言う祈莉を「こっちだよ」とロシアンブルーの所まで連れていった。

「この子はどんな子？」

目の前にいるロシアンブルーの部屋を指さして、わくわくしたように聞いてくる。

「この子はね、毛色はグレーっていうよりシルバー寄りで、瞳が少し緑がかってる。美人さんだよ。大きさは、まだ赤ちゃんだから祈莉の両手よりも少し大きいくらいかな」

「え～かわいい～。美人さんなの～？」

そう言ってガラス越しに見るけど、祈莉の視線の先にはロシアンブルーはいなかった。

「祈莉、もう少し下だよ。あと、三歩くらい右おいで。そこそこ」

「ここ?」

「うん、そこ。ちょうど目の前」

「ここか～」

また嬉しそうにロシアンブルーを見る。

その後もひとしきり猫たちを堪能した祈莉が「ゲームセンター行ってみたい」と言うのでその足でゲームセンターへ。

「疲れてない？」と聞いても「疲れてるように見える？」ときょとん顔で、休む気はなさそうだ。

「何かしたいことあるの？」

「UFOキャッチャー！」

「よし、じゃあ僕が位置言うから祈莉動かしてよ」

「絶対取る！」

選んだのは手のひらよりは少し大きめのマスコットのぬいぐるみ。

うさぎとクマがいたけど、祈莉はうさぎをチョイス。

「もう少し右。あ、行きすぎ。そこそこ。でもう少しだけ奥。あ、いい感じ」

「ここ？」

「うん」

「このボタン？」

「そうそうそれ。押してみて」

アームは回転しながらうさぎの首をつかんで……。

あ、

「落ちちゃった」

「あー残念！」

「すごい惜しかったよ。結構近くまで進んだんだけどね。寸前で落ちちゃった」

「ねぇ梨久君」

「ん？」

何か言いたげな祈莉がじりじり近づいてきたけど、言いたいことはなんとなくわかった。

「もう一回やる？」

「やる！」

元気よく返事する祈莉と三回目までに取れなかったら絶対にやめると誓いを立て、もう一回チャレンジ。

二回目の挑戦。

さっきよりも慣れた手つきで位置を調整していく。

「そこらへんかな」

「えい！」

ポチっとボタンを押すもまた惜しいところで落ちてしまった。

ただ着実にゴールまで近づいてきている。

「ラストチャンスだね」

「うん。あと少しだよ」

まさかUFOキャッチャーをやってるとは思えないくらいの本気具合。

うさぎに対する祈莉の気合が伝わってきて、面白くて仕方なかった。

「ここ？」

「いや、もう少し左」

「ここ？」

「もうちょっとだけ奥かな、あ、行きすぎ。そうそう」

「押していい？」

「うんいいよ」

「緊張する……！」

慎重に「お願いします」と念を込めてボタンを押した。

アームはそのままうさぎをつかんで……。

え、え？

ガゴンという音を聞いて祈莉も「へ？」と声を出す。

「と、取れたよ。すご」

あまりにもびっくりしすぎてうさぎを手に取るまで信じられなかった。

「うそ！　うさぎちゃん？」

「うん、うさぎ」

「うそー！　やった！」

うさぎを渡すと小さい子供みたいに無邪気に喜んだ。

その顔をパシャっとスマホに収める。

あまりにも幸せそうな顔で喜ぶから。

「今撮った？」

「ごめん、祈莉の嬉しそうな顔をあとで皆にも見せてあげようと思って」

「わっ、ちゃんとかわいく撮ってね」

そう言って今度はこちらに向かってピースを向けてきたのでもう一枚。

「梨久君も写ろうよ」

「僕はいいよ」

「なんでよ一緒に撮ろ。はい！」

そう言って僕にぴったりくっついてくるから仕方なく一枚撮った。

すぐに消しても良かったけど、スマホに写る自分に「お前こんな顔できたんだな」

と思って、思い出にすることにした。

祈莉は今取ったうさぎに夢中で「かわいいかわいい」とずっと頭を撫でていた。

「そんなに嬉しいの？」

その姿もまたおかしくて聞く。

「嬉しいよ！　うさちゃんが取れたこともちろん嬉しいんだけどね……」

うさぎに落ちていた視線をこちらに向けて、

「梨久君と一緒に取ったってことが一番嬉しい！」

そう無邪気に言うもんだから、その穢《けが》れのなさに頬が緩む。


「そろそろ移動しようと思ってるけど、まだ行きたい所ある？」

「あっそうだそうだ。京ちゃんにプレゼント買いたいんだよね」

「京ちゃんに？」

「うん、親戚らしいことしたい」

親戚らしいことか。

ベビー用品でも見に行くのかと思ったら、向かったのは世界的に有名な日本アニメのキャラクターショップ。

なんでも毛布のようなものを送りたいらしい。

毛布やタオルケットが置いてあるコーナーに行って端から商品を説明していく。

緑基調で葉っぱやどんぐりのデザイン。

赤基調でネコっぽいキャラクターが大きく描いてあるデザイン。

青基調でタヌキっぽいキャラクターが小さくたくさん描いてあるデザイン。

黒基調でブタっぽいキャラクターが小さくたくさん描いてあるデザイン。

「どれにする？」

「迷うな〜。でも男の子でも女の子でも使えるデザインがいいんだよね」

たしか京ちゃんは男の子だったはず。

「どうして？」

商品の方を見つめたまま少し顔を上げて柔らかい顔つきになったあとで、

「この先、もし京ちゃんが性別の垣根を超えて新しい世界を生きる決断をした時でもずっと長く使ってもらえるように」

どこまでも人のことを考える子だな。

「確かに、そうだね」

祈莉はそう言って、またうーんと商品の前で考え込んだ。

「よし！　決めた！　黒のやつにする」

「これだね。レジ行こ」

丁寧にラッピングしてもらって京ちゃんへのプレゼントをゲット。

祈莉はまだ大丈夫だと言うけど、そろそろ一回休もうとフードコートで飲み物を買って落ち着くことにした。

疲れは急にくるからそれが心配で。

「は〜一回座ると違うね」

時間は三時手前。

楽しくてあっという間に感じていたけど、ここに来てから三時間近く祈莉を連れ回してしまっていたことを少し反省する。

今日の祈莉は本当に元気で、病気であることを忘れさせてくれるくらいだった。

病人をこんなに連れ回すなんてと言われてしまうかもしれないけど、祈莉にはなるべく今できる最大限の〝普通〟を体感してほしかったんだ。

目が見えないから、僕の腕がないからできないとあきらめるんじゃなくてお互いの足りないところをお互いで補い合って今日だけでも〝普通〟で。

それが今回僕が掲げていたひそかな狙い。

その気持ちが先行して疲労を溜めてしまってたんじゃないかとオレンジジュースをチューっと吸う祈莉を見て、不安になってしまった。

「祈莉」

「ん？」

『疲れてない？』

そう言いかけてやめた。

こんなこと聞いても気を使わせるだけだ。

「美味しい？」

「うん！　美味しいよ」

「そっか良かった」

「梨久君」

「ん？」

「私今、すっごく楽しいよ」

ふへへと顔を柔らかくして言った。

あぁ、この笑顔がずっと続けばいいのに。

こんなに幸せそうに笑うんだよ。

奪わなくたっていいじゃないか。

僕らからこんな光を。

あふれそうなたくさんの思いを、

「僕も楽しいよ」

この言葉にぎゅっと込めて伝えた。

「もうすぐメインイベントだよ。もう少しだけ付き合ってくれる？」

「もちろん！」

たっぷり休憩を挟んでようやく本来の目的地、海へ。


ショッピングモールから海へはバスで一本。

なんなら歩いていけるくらいの距離にあるけどバスの方が安全だし何より、

「のんびり行こ」

これが一番。

せっかくの冬の海。

穏やかな気持ちで向かいたかった。

「バスが来るまであと十五分くらいだ。ベンチがあるバス停でよかったよ」

人気《ひとけ》の少ないバス停。

乗る人は僕と祈莉だけだった。

「今日は久々に外のコンクリートを感じられて嬉しいよ」

「ずっと院内にいたもんね。でこぼこしてる道とかほんとに久しぶりなんじゃない？」

「久しぶりどころの騒ぎじゃないよ。足が喜んでる」

そう言ってポンポンと地面に足をつけた。

それでも疲労が溜まってるのは事実だ。

少しだけふうと息を吐く祈莉の汗を、ハンカチで拭いた。

「ん。ありがと」


祈莉はほんの五分で僕にそっともたれかかり、眠ってしまった。

スウスウと寝息を立てる祈莉を見て思ってしまう。

「普通の女の子なのになぁ」

バスを待つ二人の間に冬らしい冷たい風が吹く。

いつもなら縮こまって早く家に帰りたいと思ってしまいそうだけど、今日はこんな寒さどうでもいいくらい心がホカホカしてる。

ずっと、この時間が続けばいいのに。

今まで見てきた色んな映画の色んな世界がうらやましくて仕方がない。

大人にならずにずっと子供でいられる世界。

時間を止めて過ごす二人だけの世界。

目を覚ますと巻き起こるＩＦの世界。

全部全部観ていたあの時は「こんな世界あるはずないじゃないか」とあくびをして

いたはずなのに。

物語の主人公はずるい。

作者の理想の世界で生きられるんだから。

もし僕がこの物語の作者なら、真っ先に祈莉を救うよ。

話の面白さとか駆け引きとか伏線とかそんなのはどうでもいいから真っ先に。

病気を克服し生き延びた奇跡の少女、柊祈莉。

祈莉は生きて、目が見えるようになって、僕と色んなところへ行って、たくさんのものを見て、家族と幸せに暮らす。

最高のハッピーエンドじゃないか。

それで、いい。

それが、いい。

「お兄さん、乗りませんか？」

気がつくと目の前でバスの運転手さんがドアを開けて待ってくれていて。

「す、すみません！　乗ります。祈莉、起きて起きて」

祈莉を揺するとまだ寝ぼけ気味の祈莉が「うーん」と目をこする。

「お客さんいないし、ゆっくりでいいですよ」

運転手さんは親切で、すぐにバスに乗り込めない僕らを急かさず待ってくれた。

祈莉の手を引いて段差に注意しながら乗り込む。

二人そろって優先席に座った。

なんとなく、つないだ手は離さないまま。


「なんかさっきの一瞬ですごいよく寝た」

「疲れてたんだよきっと」

「疲れてないよ」

ぷくっと膨れる祈莉を「疲れてないか」となだめると、次は「子供扱い！」とさらに膨れてしまった。

「日が傾いてきたよ」

「夕焼け？」

「まだもうちょっと明るいけどね。でももうすぐ夕焼け」

「海楽しみだな〜」

車窓から見える景色は少しずつ海へ近づいて、さっきまでの人だかりを一層感じさせない空間になっていった。

この何気ない会話をする時間。

皆からすればごく一般的な行動だけど、僕らにはとても大切な時間だった。

「どうして海見たいと思ったの？」

ひそかにずっと気になっていたことを聞いてみる。

冬に海と即答するくらい見たかったはずなのに祈莉の口から今まで海のことを聞いたことがなかった。

思いつきで言ったわけじゃないことは分かる。

「海ね。まだ目が見えてる頃に一回だけ家族で行ったことがあるんだけど、その時怖くてずっとテントの中でふてくされてたんだよね」

「怖い？」

「うん。昔のことだからあんまりちゃんと覚えてないんだけど、多分得体の知れない世界みたいな感じで嫌だったんだと思う。何がいるか分からない、どうされちゃうのかも分からない、みたいな」

祈莉は多分、人よりも感受性が豊かなんだと思う。

本を読んで自分のことのように怒ったり喜んだりできるし、誰かに悲しいことがあれば自分のことのように悲しんで、自分が話の中心にいる時はいつだって明るい自分を演じる。

だからこそ繊細で傷つきやすい。

僕は海を見ても怖いって感じたことがないし、そんなに一つ一つのことで一喜一憂できない。

感情をコロコロ変える器用さも持ってないし、人の顔色をうかがってその場に合わせた雰囲気作りなんてもってのほかだ。

左腕のことで若干身についたけどその前はもっとひどかったし、今も別に常に笑顔なんて程遠い生活を送っていた。

「今は怖がらずに見れるかな」

「任せといてよ。梨久君が私にいい感じに教えてくれるんでしょ？」

「いい感じ、はプレッシャーだな」

「期待してるよ～。でもそのままをちゃんと伝えてね」

「それはそのつもりだよ」


そんな会話をしていれば、運転手さんが僕らの目的地をアナウンスする。

「ここ？」

「うん、ここ」

「ボタン、押してもいい？」

「いいよ」

祈莉の手を引っ張ってボタンのところへ持っていく。

〈次停まります〉

「わっ次、停まります。だって」

そんなことでもクスクス楽しそうに笑う祈莉を見て僕も微笑んだ。


「すごい、いつもと空気が違うね」

「潮風だ。もう近いよ」

砂浜に続く階段を二人でゆっくり降りる。

一段一段しっかりと踏みしめて、普通なら三十秒足らずで降りられる階段を三分程度たっぷりと時間をかけて降りた。

「海辺の階段ってガタガタしてるし一段ずつ幅も違うから味があるよね」

「その分不安定だけど」

「ばっちこいだよ！　梨久君支えるの上手だもん」

ずっとちゃんとできてるか不安だったから〝上手〟という言葉に安心する。

「今、どのあたり？」

「あと五歩くらいで海だよ」

「わぁ近いね」
すぐそばにあった岩に祈莉を座らせる。
僕も隣に座った。
二人で肩を並べて海を眺める。
少し肌寒い潮風が僕らの頬を撫でるけど、そんなのどうでもいいくらいきれいだった。
ちゃんと海を見るのも感じるのも初めてだ。
二人の間に会話はない。
会話なんていらなかった。
目をつぶって視界をなくす。
冷たい風が頬をさして、潮の匂いが鼻をくすぐる。
波はザバンザバンと僕らの沈黙に音をつけた。

「私ね、二日後手術なの」
「え?」

その沈黙のキャンバスにアクセントカラーをバンっと打ちつけるような、そんな一言。

〝手術〟

この言葉が今の祈莉にどんな意味を持つのか、僕には分からなかった。

多分、祈莉もそれを分かっているからいたって冷静に次の言葉を並べる。

「海外の偉い先生が来て手術してくれるんだって。まだあまり試されていない研究段階の手術。これで目だけでも見えるようになれば原因不明の病気のことも何か分かる可能性が高いからって」

「それで、目が見えるようになるの？」

「うまくいけばね」

「うまくいかなかったら？」

「最悪死ぬって」

沈黙。

でもさっきのとは違う。

何か言わなきゃと口を開こうとするけど、何を言うのが正解なのか分からなくて、ただ口をモゴモゴさせることしかできなかった。

日常にありふれてる〝死ぬ〟って言葉。

「死にたい」

「死ねばいいのに」

「死んだかと思った」

「面白すぎて死にそう」

そのどれも現実味はなくて、僕の頭をいとも簡単に通過していったのに。

祈莉の言うその言葉は今まで聞いてきたどれよりも重みがあって。そしてどれよりも、現実味があった。

それでも僕の気持ちとは違って祈莉はまっすぐ前を見ていた。

どうして。

どうしてそんな顔ができるんだよ。

強く、覚悟を決めた顔。

そのまま祈莉は強い声で続けた。

「私、もう余命過ぎてるでしょ？　いつ死ぬか分からないの。いつ死ぬか分からないままあそこで死ぬのを待つくらいなら、新しいことに挑戦してみようと思ったの」

「怖くないの？」

「怖いよ。すごく怖い」

こっちは見ない。

地平線をまっすぐ見てスッと息を吸い上げた。

「家族から聞いてると思うんだけどさ、私昔は見えてたんだよね。普通に見えてた。病気になって毎日寝るのが嫌だったの。目が覚めたら、何も見えなくなってるんじゃないかって。もしかしたらこのまま目を覚まさないいんじゃないかって」

一呼吸置くその息には当時の恐怖が混ざっているようで、震えていた。

「その日は突然来たよ。起きたら真っ暗だった。絶望なんて言葉じゃ全然足りない。そんな気分だった。誰か冗談って言ってよ。ドッキリって笑ってよ。それで、もう一回でいいから私に景色を、皆の顔を見せてよって。でも見えなくなった事実は消えなくて、それからたくさんの人に迷惑をかけた。迷惑をかけて面倒くさがられて。私もね、あそこで死んでしまおうと思ったんだよ」

――あそこ、それは僕が飛び出せなかった、あの病院の屋上。

そこで祈莉も自分の命を終わらせようとしていたんだ。

祈莉はこちらを向いて微笑んでいた。

こんな話をしている時でも笑顔を崩さない。

「でもやめた。世の中にはもっと苦しんでる人がいるんじゃないかって。辛いのは私だけじゃないんじゃないかって。あそこに立ってふと思ったの。……そんなこと言って、本当は死ぬのが怖かっただけかもしれない。それでも今日まで生き延びてこんなに素敵な時間を過ごせてるんだから。私の判断は間違ってなかったって梨久君と出会って思えたんだよ」

僕とは違った。

僕は自分が楽な方へ逃げることしか考えてなかったから。

そんな僕に祈莉はまだ続ける。

「梨久君と出会ってね、世界には自分と似た人がいるんだって知ったの。もちろん病院に居れば似たような境遇の人に会うことはあったよ。それでもあの屋上で死のうとして、人生に嫌気がさして、でも生きるしかなくてって、マイナスの共通点があることがすごく嬉しかった。病院ではそういう話は暗黙の了解でしづらかったし、簡単に理解できる感情でもないから言いにくいでしょ？　だから救われたんだよ」

少しも恥ずかしがることなくまっすぐに〝救われた〟なんて言葉を僕にくれる。

僕は何もしてないのに。

救われていたのは僕の方なのに。

それを祈莉に伝えたかったけど、まだ終わってないから。

祈莉の言葉をちゃんと最後まで聞きたいから。

もう少しだけ黙って言葉を待つ。

日は少しずつ傾いていて、うっすらと夕方を思わせていた。

「梨久君に救われて、私も人の役に立ちたいって強く思うようになったの。あの、喧嘩しちゃった日のこと覚えてる？」

「覚えてるよ」

「私、あの日ほんとは嬉しかった。もう二度と梨久君とは会えないと思ってたから。会いに来てくれて、気持ちをぶつけてくれて、私も心に溜まって溜まって苦しかったものを吐き出せてすごくすっきりしたの。梨久君は私のことをずっと覚えてるって言ってくれた。それが私が何よりも欲しかった言葉だったんだって気づいたの。その言葉が私の大きな支えになった。それを貰えたから今度は私が梨久君から貰った言葉を何かに変えて誰かへ渡す番」

祈莉はずっと前を向いていた。

僕には止める権利なんてないほどの覚悟を持って。

その覚悟に対して僕がどうこう言う筋合いはない。

祈莉の下した決断。

その背中をそっと押す。それが僕の役目だって分かってる。

分かってるけど。

確実に目が見える方法が見つかるまでもう少しだけ待ってみてもいいんじゃない？

何か他の、安全な方法があるんじゃない？

祈莉がそんな危ない手術の犠牲者になるかもしれないなんて嫌だよ。

出てくるのは祈莉を引き留める言葉だらけ。

それを取り繕って「応援してるよ」なんて、祈莉はきっと僕の心の声に気づくだろ。


風が強く、冷たくなってきた。

祈莉の身体が心配になる。

でもここを離れたくなかった。

ずっとこうしていたかった。

この時間がずっと、いつまでも、永遠に続けばいい。

祈莉が生きて、僕が祈莉に点字を教えてもらって僕が祈莉に外の世界のことを教えてさ。

祈莉の目が見えなくたって僕が教えるから。

僕がこうやって祈莉を導くから。

祈莉に笑って生きてほしい。

「ねぇ、梨久君。今世界は何色?」

祈莉からのこの質問。大切に応えたかった。

ちゃんと祈莉に僕が見えているこの景色を伝えたくて口を開く。

「今、僕らの正面に太陽が半分隠れてるんだけど、いつも鮮やかな青や深い藍色の海は赤やオレンジ、黄色がグラデーションになってる」

少しだけ、声が震えた。

でも負けまいと続ける。

「空は、太陽に近いところは赤や強めのオレンジでまだ強く光ってる。けど僕らの頭の上にいくにつれてパステルな紫やピンク、水色が混ざってるよ。雲はそんな光や空を透かしてわたあめみたいだ。水面は太陽の光が反射してキラキラ輝いてる。きれいだよ。こうしてる今も刻々と世界の色は変化してるんだ」

目の前の海を見渡して、僕の言葉をゆっくりと咀嚼《そしゃく》して、祈莉は満足そうに笑った。

「梨久君、上手になったね。私今、目が見えるようになったみたいだったよ」

「祈莉の役に少しでも立ちたくて色の勉強、たくさんしたから。ちゃんと伝わってよかった」

「ありがと。私、頑張るからね」

祈莉は今、揺らぐことのない強い決心をした。

なら僕は、それを全力で応援するだけ。

「祈莉の目が見えるようになったらまたここへ来よう」

「約束ね」

「うん、約束」

そう言って僕たちはもう少しだけこの時間を一緒に過ごした。

どちらからともなく「帰ろうか」そう言うまで。

ずっと、握っていた手も離れることはなかった。


「京ちゃん！　これプレゼントだよ～」

「え！　京ちゃん、祈莉ちゃんがプレゼントくれるって。よかったねぇ」

京ちゃんのご両親は祈莉から貰ったブランケットをとても喜んでくれて、早速京ちゃんに巻く。

「あらあら、かわいいじゃない」

「京ちゃんこっち向いて～」

皆そんな京ちゃんにメロメロで、祈莉もこの上ないほどに満足げな表情。

「祈莉ちゃん、ほんとにありがとね。京ちゃんも喜んどるよ」

「私も嬉しい！　喜んでもらえてよかったです」

祈莉の手術までの間、皆でいようと祈莉の親戚一同も駆けつけてくれたみたいで、その中に僕も入れてもらった。

最初は家族や親戚との時間を大切にしてほしくてやんわりお断りしていたけど、正直僕も祈莉と居たかったから「梨久君もおいでね」というありがたい提案に素直にそうさせてもらうことにした。

写真集の景色を伝えるところを皆に見られながらやるのは緊張するし恥ずかしかったけど、

「へぇ、空の色に黄色が入ってるなんて考えたこともなかったよ」

って感嘆の声が上がると少し得意げだ。

おじさんは青一色の空の写真を見て、

「こんなん青バーン！としか説明できんわ〜。梨久君やるなぁ」

と写真をまじまじ。

祈莉は大笑いしながら、

「それでもギリギリ伝わります」

と腹を抱えていた。

これなんでしょうクイズは祈莉のお姉さん、みのりさんが強くて祈莉といい勝負をしていた。

特にガチャガチャの象を当てた時は病室内に拍手が巻き起こったくらい。

点字で文を作って読み合ったり、点字でしりとりをしてみたり、逆に僕が普段どうやって料理をしているのか簡単に披露したりもした。

短い時間だったけどすごく濃くて密度の高い時間。

この手術で祈莉が死ぬって決まったわけじゃない。

皆が成功すると信じている。

それでも先生や看護師さんたちの雰囲気で相当難しい手術であるということは言葉にされなくても分かった。

だから、今が最高と思える時間を過ごしたかった。

手術が成功して祈莉が見えるようになったら、また今の最高を超えればいい。

そういう気持ちで手術当日まで皆で一緒に過ごした。


そしてついに、手術当日。

「いよいよだね」

皆の間に緊張感が走ってしまう。

見送りは笑顔で。

そう思っていたけどどうしても、怖い。

祈莉が一番怖いのは分かってる。だから精一杯、悲しい雰囲気にならないように。

これが別れじゃない。

これが最期じゃない。

自分の中に強く叩き込む。

「私、絶対生きて戻ってくるからね」

「うん、約束」

二人で指切りをして、硬く硬く結んで「絶対だからね。また海行くからね」そう約束した。

「じゃあ、そろそろ」

嵐山先生と海外の先生がゆっくり祈莉を運んでいき、僕らの指はするんと解けた。

皆で見送った。

祈莉が手術室に入ったあともまだ扉の前に立って。

そして祈った。

どうか。
どうか、成功しますように。
祈莉に光が宿りますように。
手術が失敗して、見えないままでもいいから。
僕が支えるから。
生きてさえいてくれれば、いくらでも笑顔にするから。
何度でも。

祈莉の笑顔をもう一度、見れますように。
生きて、戻ってきますように。

でも。
その願いは届かず、僕らの約束も果たされることはなかった。

祈莉は手術中、急な大出血に見舞われて

死んだ。

RGB

64 224 208

CMYK

60 0 32 0

第十二章

つながり

#40E0D0

あれ、もうこんな時間か。

真っ暗な部屋で一人。

ずっと机に座って何をするでもなく時間だけが過ぎていて、もう日が落ち切っていることに気がつかなかった。

今、何時だ。

十七時三十分。

冬はこの時間でも立派な夜だな。

心にぽっかりと空いただけの穴を埋める方法が分からなくて、何をするにもやる気が起きない。

まずは電気をつけてみよう。

そう思って椅子から立ち上がると足に当たった何かがガサッと音を立てて倒れた。

ため息交じりでそれを確認するとゴミ箱で、しばらく溜めに溜めてしまっていたゴミが見事に散乱していた。

「勘弁してよ」

無造作にゴミを拾い上げてゴミ箱に入れなおす。


あ。

こんなもの、あったたな。

くしゃくしゃになったそれを広げると〝義手〟のパンフレット。

義手。

義手ねぇ。

義手のパンフレットを僕が拾うのを待っていたかのように、ちょうどいいタイミングで部屋のドアがノックされた。

ノックなんて珍しいと短く返事する。

「今、ちょっといいか」

「父さんがこっちの都合気にしてくるなんて珍しいね。三十分なら時間あるよ」

あの言い合い以来まともに会話していなかったから少し気まずい。

僕は椅子に、父さんは僕のベッドに腰かけて向き合う。

元々二人とも口下手だから無言の空間が心地悪い。

何かその場をしのぐ一言をてきとうに言っても良かったけど、今は父さんからの言葉を待った。

「あの、その、なんだ」

僕は助けない。

助け船は出さない。

出してしまえば父さんの本当に言いたいことはきっと聞けないから。

父さんは何か覚悟を決めたように、今まで伏せていた視線をこちらに向けた。

あぁそうだ。

父さんはこうやって人のことを見る人だったな。

母さんはよく、父さんのこのまっすぐさに惹かれたんだって惚気《のろけ》てたっけ。


「あの日、梨久に言われて気づいたんだ。俺は母さんの死を乗り越えたんじゃない。逃げていたんだって。全部乗り越えたふりをして本当は全てから目を背けていただけだった。自分は父親にふさわしい人間じゃない、母さんが居なければ自分は父親になれない、それを認めるのが怖くて何かお前にしてやらなきゃって目に見えるものだけを与えようとしていた」

〝目に見えるものだけ〟

それは父さんからしたらできる限りの精一杯だったんだと思う。

でもそれを与えることが子供にとって幸せかということを決める筋合いは親にはない。

僕は〝義手〟という選択肢を与えられても幸せにはなれなかった。

義手よりも先に母さんの死を一緒に乗り越える時間と一緒に乗り越えてくれる誰か

が欲しかったんだ。

父さんはそれに気がつけなかったんだ。

そして自分にも嘘をついて殻に閉じこもった。

「少し前から梨久が出歩くようになって、自分だけ置いていかれているようで焦っていた。母さんだけでなくお前にも置いていかれてしまう。そう思うと怖かった。だから冷たく当たった。すまなかった」

小さく頭を下げる。

僕がしてほしいのは謝罪じゃないよ父さん。

そう言おうと口を開きかけた時だった。

頭を上げてこちらを見る父さんの顔はさっきとはまた変わって強さを含んでいた。

だからまだ、口を挟まず言葉を待つ。

「自分とちゃんと向き合ってみようと思うんだ。父親としてでも母さんの旦那としてでもなくまずは一人の人間として。変なプライドや殻は一度捨てて、一からちゃんと自分と。どれくらい時間がかかるか分からない。でも、もし梨久がまだ俺を少しでも父親として見てくれているなら時間が欲しい。必ず、母さんの死を乗り越えて父親として戻ってくるから」

自分の弱さと向き合い、ちゃんと認めた父さんの姿だった。

これじゃあ僕が置いてけぼりじゃないか。
祈莉も父さんも自分と向き合って、自分を認めて、次へ進もうとして。
僕もいい加減、覚悟を決めないと。
父さんの覚悟に、
「一人で乗り越えようとしないでよ。母さんを失った痛みは一緒なんだから」
そう返事をした。
父さんは驚いたように目を丸めたけどすぐにフッと笑って、
「かなわないな」
とつぶやき僕の部屋をあとにした。
もうクヨクヨしてられない。
皆に置いていかれないように僕も次へ進まないと。

制服に着替えて外へ出る。
今日は祈莉と会える最後の日だから。
こんな顔じゃ祈莉へ示しがつかない。
自分の頬をバチンと叩き、葬式場へ向かった。

一定のリズムで埋め尽くされた空間に人のすすり泣く声が混じる。

遺影の中で幸せそうに微笑む祈莉は、UFOキャッチャーをした時に僕が撮ったものだった。

楽しそうに笑うなぁ。

この笑顔に救われていた。

楽しかったな〜。

色んなことしたんだ。ほんとに。

僕が学校であった愚痴を言うと「そんなやつ、私が近くにいたらケチョンケチョンにしてやるのに！」って怒ったあとで「やっぱりケチョンくらいで勘弁してあげる」なんて言って笑った。

読んでた小説の主人公が死んでしまった時は号泣して、この主人公がいかにすごい人で、どんな覚悟を持ってこの決断をしたんだということを一時間も語ったことがあった。

玉ねぎが嫌いで食べられなくて、看護師さんたちに怒られた時も「梨久君のなら食べれるかもしれない」とわがままを言って皆を困らせてたこともあったっけ。

祈莉は僕が点字を読み間違えても打ち間違えてもケラケラと笑うだけで絶対に馬鹿

にしてこなかった。

僕がドジした時は盛大に爆笑するくせに。

体調が悪くて起き上がれない時、

「祈莉に気を使わせてもいけないので今日は帰ります」

と病院を引き返したことがあった。

先生たちもその方が得策だろうと言っていたし、また元気になった時にいっぱい話せばいいと思ってた。

でもそれを聞いた祈莉は、

「私の一番の薬は梨久君なのに！　梨久君に会いたい！　私はいつ梨久君に会えなくなるか分からないんだから一回一回を大切にしたいのに」

って怒って怒って大変だったな。

メッセージは止まらないし、病院でもかなり荒ぶっていたみたいで。

その日からどんなに体調が悪くても一言あいさつして帰るというルールができてしまったくらい。

でも確かにそうだよなって僕らも反省する一件だったっけ。

祈莉との時間は一回一回が決して当たり前じゃない。大切にしなきゃって。

それになんの恥じらいもなく「梨久君に会いたい」と言ってくれたことがシンプル

に嬉しかったのも覚えてる。

　自分の存在をちゃんと必要としてくれる人がいるってことが。

　そんな祈莉も気持ちが沈んでしまった時は「私のせいだ」「迷惑だよね」「ごめんね」

ずっとそんなことを言っていた。

　祈莉にそんなこと思ったことないのに。

　そしてまた数日後にはコロッと笑いかけてくれる。

「梨久君待ってたよ」

　って嬉しそうに喜んでくれる。

　楽しかったな。

　ほんとに楽しかった。


「梨久君、次お線香」

「あ、あぁごめん」

　思い出に浸りすぎてお線香の順番が近づいていることに気が付かなかった。

　隣には、清水が居た。

「ありがと。今日連れてきてくれて」

「別に。謝りたいことがあるなら今日が最期だから」

「うん。分かってる」

そう言って清水はたっぷりと時間をかけて祈莉に手を合わせた。


ひとしきり式が終わって皆それぞれ祈莉の家族へあいさつに行ったり、祈莉との思い出話をしたり、おのおのの時間を過ごしていた。

その光景を式場の後ろでそっと見る。

「梨久君、こういう時泣かないタイプ？」

僕と並んで会場を見渡していた清水がこちらを見ずに言ってくる。

「泣けないいんだよ。悲しくて仕方ないはずなのに涙が出てこないんだ」

母さんの葬式でも、僕は泣かなかった。

大人にならなきゃ。そう思ったまだ子供の僕が最初にした我慢だったのかもしれない。

ふーんと興味なさそうな返事が返ってくる。

「私が祈莉ちゃんに会った日、なんて言ったと思う？」

「さぁね」

「祈莉ちゃんから聞いてないの？」

「聞いてないよ」

別に今さら知りたいとも思わなかったけど、そんなのはお構いなしに清水は一人で続けた。

＊＊＊＊

「こんにちは。初めまして」

「えーと、すみません。どちら様ですか？」

「目が見えないってホントだったんですね。私、梨久君の友達の清水菜々です」

「あ、梨久君の。初めまして。柊祈莉です」

「祈莉さん、梨久君のこと好きですよね」

「へ？」

「でも私も梨久君のこと好きなんです。彼は不安定で、不器用。できないことを一人でやろうと無理しすぎちゃうんです。だから私が支えてあげないと」

「梨久君は、そんな子じゃないと、思います」

「貴女は病室に来る猫被った梨久君しか見たことないからでしょ？　私はずっと見てきた。貴女よりも先に梨久君と出会って貴女よりも先に梨久君を好きになったのに。私から梨久君を奪わないでよ」

「奪ってなんか。梨久君はものじゃない」

「分かってるよそんなこと。でも目の見えない貴女に梨久君が支えられるの？　私は梨久君とケーキを食べられるし、水族館も行ける。美術館だって、散歩だって、学校課題を一緒にすることもできる。貴女にはできないでしょ？　私はできるもん。障がいを持った人っていう同じくくりにいるだけで、貴女は梨久君に何もできないじゃない。そんなの梨久君がしんどくなるだけだよ」

「梨久君が、かわいそう」

＊＊＊＊

「最低でしょ」

「最低だね」

清水の言った言葉は許されるものじゃない。

浅はかな考えで一人突っ走った、いわゆる迷惑行為。

祈莉の言う通り僕はものじゃないし、清水のでも祈莉のでもない。

自分から出た独占欲をコントロールできずに人を傷つけたんだ。

「梨久君から言われたでしょ？　ハンデを背負う僕に尽くす自分が好きなんだ、って。それを言われて気がついたの。私、人の役に立ててるって実感した時しか自分の価値を感じない。こんな性格だからなかなか友達もできづらくて、何か引き留める材料が欲しくて人に尽くすので必死だった。〝ありがとう〟の数だけ私は生きていられたから。誰かに〝ありがとう〟って〝清水がいてくれてよかった〟って〝菜々ちゃんが一番大切〟って、そういって抱きしめてもらいたかったの。そのためなら自分を犠牲にしたってよかった。そうして必死にもがいてるうちに自分を見失った。いつから暴走しちゃってんだろ。本当に、ごめんなさい」

清水は自虐的に口角を上げた。

きっと清水にも大きな傷があるんだと思う。

清水しか知らない、目に見えない大きな大きな、そして深い心の傷。

今さらそれを探ろうとも思わないけど、もしかしたら自分が目に見えない傷で苦しむ中、見える傷を共通点として支え合う僕らを見ているのが苦しかったのかもしれない。

〝私も苦しいんだよ。気づいてよ。おねがい。助けて〟

って。

「もういいよ。すんだことだから。祈莉にもちゃんと謝れた？」

「うん。自己満足でしかないけど。ちゃんと伝えてきた」

「きっと祈莉も分かってくれるよ」

「次会えた時は仲良くなれるといいな」

「まだだいぶ先の話だね」

「それまでにちゃんと考えておく。私のすべきこと。できること」


「梨久君、ちょっといいかしら」

僕に声をかけたのは祈莉のお母さんで、清水は静かにその場をあとにした。

「これ、祈莉が梨久君と海に行った日の夜に動画を撮ったみたいなんだけど、私に何かあったら渡してほしいって頼まれてて」

そう言われて差し出されたのは一枚のタブレット。


本当は今すぐにでも見たいところだけど、見るならあの場所で。

そう思って次の日、タブレットを持って家を出た。

「お決まりですか？」

「パンケーキ、一つください」

この間のパンケーキ屋さんに一人で入る。

なかなか勇気のいる行為だったけど、入ってしまえばこっちのもんだ。

今日は親ガエルと子ガエルが手をつないでる置物の席に案内してもらった。

一人だとパンケーキが運ばれてくるまでに暇してしまう。

ぼーっとテーブルを眺めたり店内を見渡したりするしかなかった。

「ん？」

こないだは絶対になかった、テーブルに貼ってあるお店の概要が書いてあるものに目が留まる。

そこには、

〈お手伝い、いつでもしますのでお気軽にお声がけください〉

そう書いてあって、パンケーキを切るイラストやお会計をテーブルですませられるという旨のイラストが描いてあった。

「お待たせしました〜」

そう言ってパンケーキを運んでくれるのは、今日はお兄さんだった。

「あの、これ」

「はい、どうかされましたか？」

「あ、えと。これいつからありましたか？」

指さした先を見て「あぁ～」と優しい笑顔を向けてくれる。

「こちらですね、つい先日障がいを抱えたお客様が来店された際に〝人生で一度パンケーキを切ってみたい〟とおっしゃったらしくて。その時に〝なんでもかんでも手伝うのがいいとは限らないんだね〟とスタッフ間で話し合い、このようなシステムを導入いたしました」

「そうだったんですね」

「僕らからしたら当たり前のことでも、このお店に来て〝特別な体験〟にしていただけるって素敵だなって思いまして。あ、すみません。ついしゃべりすぎました。ごゆっくりどうぞ」

〝特別な体験にしていただける〟

その言葉を甘くてフルフルなパンケーキと一緒に飲み込む。

自分でも切れるけど、でも今日は、

「すみません……！　あの、パンケーキ、切ってもらってもいいですか……？」

できないことを認めて人に頼む。

それは僕からしたら勇気のいることだったけど、お兄さんは僕がまだフォークを入れていないパンケーキを快く切ってくれた。

表面が整えられた滑《なめ》らかな口当たりは今まで僕が食べていたものとまた違った美味しさで。

気づけばあっという間に完食していた。


次はドラッグストア。

点字を探して歩いていると漂白剤にも書いてあることに気が付いた。

『⠣⠫⠴』

「きけん」

知らなかった。

そうだったんだ。

これこそ普段使うことがなかったから初めて知った。

にしても、相変わらずこのお店は広い。

他にも探せば色々ありそうだからまた今度来てみようかな。

漂白剤をもってレジに並んでいると、こないだのお兄さんがいた。

もう一人のレジは違う男の子。

「お兄さん、バイバイ」

今日もお兄さんは子供に手を振られている。

ショッピングモールの中の店だからなのか、ここは小さな子供が多い気がする。

また無視を決め込むのかと思っていると、
小さく。ほんとに小さく手を振り返した。

今日の重大任務を終えたかのような顔で僕を呼ぶ。

「あの、子供。克服されたんですか……？」

「え？」

「すみません！　こないだは苦手そうだったから」

いきなり失礼だったか。

でもなんとなく気になってついい聞いてしまった。

「あぁ。全然苦手っすよ。でも、ここ子供多いし何より子供好きな店員が多いんですよ。皆楽しそうに手振るから。そんないいもんなのかなぁって最近試してみてるだけっす」

お兄さんは今日もまた僕が気づかないうちに袋詰めまで終えてくれていて、きっと優しい人ではあるんだろうなって分かる。

「すごいです。尊敬します」

ちゃんと嫌なことから逃げずに試してみるお兄さんに、素直な気持ちをぶつけてしまう。

「え、ほんとですか。ありがとうございます。全然今日で手振るのやめるつもりだったんですけど。もうちょっと続けてみます。お兄さんこそ。強く生きてて偉いっす。こないだも目の見えない子と来てましたよね。俺、人のためにあんな幸せそうな顔できないからちょっと感動してました。勝手に」

ポリポリと頰をかくお兄さんはそう言って僕に商品を手渡してくれた。

祈莉と出会ってなかったらあのお兄さんとこんな会話をすることもなかったんだと思うと、人のつながりってすごいな～なんて世界を大きくして考えてしまう。

リハビリ室でも言われたけど、僕は気づかない間にそんなに幸せそうな顔をしていたのか。

ちょっと恥ずかしい。

祈莉と出会ってからクラスメイトにも表情が柔らかくなったって言われることがあったし、僕なりに成長しているのかもしれない。


「ロシアンブルー売れてる」

祈莉がお気に入りにしていたあのロシアンブルー。

家族が見つかったらしく、もうこないだのケースの中にはいなかった。

祈莉は自分が見えていなくても、必ず対象の方を向いて視界に入れようとしていた。

それは見えていた頃の名残なのか、祈莉なりのこだわりだったのか。

結局聞けずじまいだったな。

お目当てのロシアンブルーに会えなかったのでその足でゲームセンターへ。

あの日祈莉がチョイスしなかったクマのぬいぐるみを狙ってＵＦＯキャッチャーにお金を入れる。

相変わらず難しい。

あの時は三回目で取れたんだっけ。

よく考えたらすごくね？

もう今の段階で四回目。

あの日のことを思い出して微調整する。

ここかな？　もう少し前か。うーん、もうちょっと右？

アームが回転しながら下がる。

お、お？　よし。いけいけ。

ガゴン。

「まじで取れた」

落ちてきたクマのぬいぐるみを手に取ってこれに四百円かけたんだなぁと少し悲し

い気持ちになるけど、これも祈莉との思い出だと思えば別によかった。

あの時の嬉しそうな顔。

もう一度思い出したくてカメラフォルダを開く。

つい数日前のことだから写真はフォルダを開けばすぐだ。

楽しそうだな。

嬉しそうだな。

この笑顔をもう一度でいいから見たかった。

スッと一枚スクロールすると僕も写ってる写真が。

自分の顔に笑ってしまう。

あまりにも楽しそうだから。

ついこないだまで隣で笑ってた人は今や画面の中だけの存在。

なんだか「ドッキリでした〜」って画面の中から出てきてくれそうな、そんな顔の祈莉。

気持ちが少し沈んでるのをだめだめだめだと払拭して、京ちゃんのプレゼントを買ったお店へそのまま向かった。

こないだはブランケット一直線だったから、店内をザッと見てみる。

意外と色んな商品が売っている。絵本やぬいぐるみ、時計、ハンカチ、マグカップ、それにアクセサリーまで。

祈莉は普段あまりメイクやアクセサリーに興味を示してこなかったけど、一度だけ僕が高校の体育祭でこれでもかと着飾る女子の話をした時にこんなことを言っていた。

「いいな〜。私もそういうのやりたかった」

「祈莉なら自分をどんな風にしたい？」

「ねじり鉢巻きとかしてみたい。キラキラの髪飾りとかつけてさ」

「今、つけないの？　髪飾り」

「さすがにね。つけてる時に何かあったら危ないし、外すのに手間取ってその間に死んじゃったら笑っちゃうでしょ？」

「笑いごとではないけどなるほどね。じゃあなかなかおしゃれは難しいのか」

「そうそう。最後にアクセサリーつけたのとかいつだろうって感じ」

おしゃれも我慢していた祈莉。

何かプレゼントしようかな。

目の前にある、キャラクターがモチーフのピン留めを手に取る。

鮮やかなオレンジの少し変わった花が一緒になってる。

札には「ムギワラギクとお散歩」と書いてあった。

これはムギワラギクという花とお散歩をするキャラクターをテーマに作られたピン留めらしい。

大きくさんさんと咲くこの花も祈莉にぴったりな気がしてこれに決めた。

「プレゼントですか？」

レジに持っていくと店員さんがラッピングの提案をしてくれた。

「はい。ラッピングお願いします」

豊富な種類のラッピングから中が透けて見えるタイプのものを選んだ。

「喜んでくれるといいですね」

「喜んで、くれますかね」

「お気持ちが大切ですから。きっと喜んでくださいますよ。大切な方へですか？」

その言葉にふっとお姉さんの方を見上げてしまって、お姉さんは踏み込みすぎたかなと少し顔色を歪ませた。

だからゆっくりと息を吸って、ちゃんと自信を持って、

「はい。すごく大切な人に贈るんです」

そう返事をした。

いつもより気合いを入れてラッピングしてくれたらしい商品を手に取って、お店を

あとにする。

最後の場所だ。

次が、メインイベント。

約束したあの場所へ行くために、バス停へ向かった。

バスに揺られて、まだ明るい空を眺める。

ショッピングモールに到着した時間は祈莉と来た日と全く同じだったのに、回り終わった時間は前回よりも一時間も早い。

これは別にあの日祈莉がいて歩くのがゆっくりだったからとかそんなのだけじゃないと思う。

一つ一つの場所で笑って、楽しんで、会話して、興味を持って。

そうやって過ごしていたからたくさんの時間を過ごせていたんだと思う。

僕も今日、色々考えながら感じながら一日を過ごして、勇気を出して話しかけてみたりして気づいたことがある。

もしかしたら、自分をマイノリティだと壁を作って周りを見ないようにしていたのは僕の方で、意外と世の中は優しいのかもしれない。

偏見はもちろんあると思う。

接しづらいとか気を使うとかそういうのも、もちろんないとは言えない。

でも、なんか、考えすぎちゃってたのかな。

そう思えば、なんだか少しだけ肩の荷が下りたように感じた。


潮風が気持ちいい。

まだ少し明るいから、薄暗くなるまで浜辺を散歩することにした。

皆が少しずつ前を向いて次への一歩を踏み出している。

じゃあ、僕にできることは？

僕にでもできること。

それをこの動画を観て見つけることができるだろうか。

少しだけこれを観るのが怖かった。

なんだか祈莉が死んだことを実感してしまいそうで。

心のどこかでまだ生きてくれているんじゃないかって、変に信じてしまっている小さな小さな希望さえも打ち砕かれてしまいそうで怖い。

昨日のお葬式で目の前で口角を上げて横たわるだけの祈莉を見ても、なんだか実感が湧かなかった。

これを認めた時、僕はどうなってしまうんだろう。

認められるのかな。

祈莉は僕の中で間違いなく心の支えだったから。

それを失う覚悟が、まだできない。

この間よりも強く打ちつける波はそんな僕に「しゃんとしろよ」と言っているみたいだ。

分かってるよ。

しゃんとしなきゃって。

分かってる。

でもさ、そんな簡単なことじゃないんだよ。

母さんの葬式のあと、自分のせいだと自暴自棄になって病室に引きこもり病院食も食べずに皆を困らせてたっけ。

多分、三日間はそんな感じだったと思う。

病院としても栄養だけはとりあえず点滴で入れて、あまり刺激しない方針で僕が自分からご飯を食べるのを待ってくれていた。

僕が死ねばよかった。

僕のせいで母さんは死んだ。

僕が。

僕が。

そうやって縮こまって。
なんで学校に行くようになったんだっけ。
どうやってご飯食べ始めたんだっけ。
そこらへんの記憶が全然ない。
多分ぬるっとなんとなく本能でこのままじゃだめだと思ったんだろうけど。
でも今はその時とは違う。
ちゃんと前を向けてる。
ちゃんとこうやって外を歩けてる。
ちゃんと、受け入れようとしてる。
だいじょうぶ。
大丈夫。
そう言い聞かせて、あの日と同じ場所に座った。
今日もきれいな夕焼けだ。
少しだけ震える手を見ないことにして動画の再生ボタンを押した。

これちゃんと撮れてる？
撮れてたら外出ててください！
恥ずかしいもん
あ　待って
カメラ目線ここですか？
ありがとうございます

えーっと
梨久君へ！
これを観てるってことは私は死んじゃったのか～なんて
小説によくありそうなことを言ってみるけど本当に死んじゃったのかな
本の読みすぎとか言わないでよ！
ちょっとやってみたかったんだよね
死んじゃってるなら普段言えないこととか言っちゃおうかな～
まず　梨久君に出会ったのは梨久君が死ぬ直前だったよね

第十二章　つながり　#40E0D0

まさか人が死のうとしているところに居合わせるなんて思ってもみなかったよ
しかも自分が死んでしまおうと思った場所で
梨久君はすごくいい声してた
色んなことを見てきて経験してたくさんのことを乗り越えてきた人だなって思った
あぁ　この人絶対いい人だって
それに私と同じ場所で人生を終わらせようとしていた人を私が救いたかったの
私の中で芽生えた一方的な正義感だったけど次の日本当に病室に来てくれて正直驚いたな
まさか来てくれると思わなかったもん
びっくりびっくり

あれからたくさんのことをしたよね
梨久君は頭いいから呑み込みも早くてどんどん点字を覚えていくから私まで頭よくなった気分だったよ
たくさん話して笑ってほんとに楽しくて
それにしても梨久君の景色を伝える才能は皆無で　あれは笑ったな～
お腹痛かったもん

梨久君ちょっとキレてたし
あれは傑作だったね
でも　私のためにいっぱいいっぱい勉強してくれて
海に連れていってくれた日も言ったけど　ほんとに目が見えるようになったんじゃないかってくらい景色が鮮明に見えたよ
嬉しかった
もうこれでいいじゃんってちょっと思っちゃった
手術受けずに今ある残りの時間を梨久君に教えてもらって楽しく過ごせばいいじゃんって
ほんとは手術受けたくない
失敗すればもう少しだけ生きられたかもしれない時間も全部なくなって死んでしまう
もう少し長く梨久君と居たい

でも　私は決めたから
梨久君の顔見てみたいな～
好きな人の顔見ずに死んじゃうなんて幽霊になって出てきちゃうよ

わっ好きな人って言っちゃった！
菜々ちゃんが来てくれた日「梨久君を支えられない」って言われてその通りだなって思ったし　あぁ私って梨久君のこと好きなんだなってその時確信？自覚？した
でも自分で自分の気持ちを理解した途端に怖くなった
私が人を好きになるってすごく大きな罪な気がしてこれ以上梨久君を巻き込めないって思ったらあんなこと言ってた
ごめんなさい
だからね　梨久君が戻ってきてくれた日はすごく　すごく嬉しかった

ねぇ梨久君
私から一つお願いがあるの
こんな私からの一つのお願い

梨久君に生きてほしい
ずっとずっと生きて　私に景色を教えてほしい
私の好きな言葉　覚えてる？

死んでも私は梨久君の中で生きられたらいいな
梨久君は私を忘れないって言ってくれた
あの日の言葉　信じてもいい？
梨久君が生きてくれたら私はずっと幸せだよ

私の世界に色をつけてくれてありがと
生きたいって思わせてくれてありがと
一緒に　生きてくれてありがと
大好き

じゃあ　最後に
今　世界は何色？　教えてよ

じゃあ　またね
ばいばい

今の、世界の色はね。

今の……。

あぁ、もう。

祈莉に今の景色を伝えないといけないのに。

目の前がぼやけて何も見えない。

ちょっと待ってよ。今、説明するから。

零れ出る涙を必死に拭いて、祈莉に説明するために前を向いた。

「今、こないだと同じ場所にいるんだけどね。あたりはだいぶ暗くなっていて太陽はほとんど見えない。水面からわずかに漏れる光は地平線の少し上だけ淡い紫や少し渋めの紫色がグラデーションになってる。海の色も前と違って深い青と薄い紫が混ざり合ったような色をしていて穏やかだ。少しずつ月や星が光をまとい始めてる。……きれいだよ。これ、この景色さ」

だめだ。今日は、今日くらいは許してよ。

かっこ悪いかもしれないけど、明日からちゃんと前を向くから。

だから、今だけは本音を。

どうしても、抑えきれない本音を。

「一緒に、見たかったなぁ」
たくさんの思い出がよみがえって、たくさんあふれて。
止められない。
よく頑張ったね祈莉。
僕も祈莉が好きだよ。
僕の方こそ
ありがとう。

RGB

200 162 200

CMYK

26 43 6 0

第十三章

始まり

#C8A2C8

「やっと終わったよ〜」

「まじでむずすぎ」

「眠いとかそういう次元じゃなかったな」

授業が終わり、皆が口々にさっきの講義についての話を始める。

確かに今の講義はうちの大学では〝関門〟と呼ばれている講義で先生の癖も強いしなかなかに難易度が高い。

怒涛《どとう》の九十分を終えて皆清々しそうだ。

「如月このあと学食行く？」

「あ、ごめん今日はちょっと病院に顔出してくるよ」

「お、そっか。三限遅刻すんなよ〜」

大学から病院までは歩いて十分ほど。

受付に行くと「久しぶりだね〜」と皆快く通してくれた。


病院の屋上で街を見渡す。

懐かしいな。

ここで祈莉と出会ったのはもう五年前か。

「やぁ、梨久君。久しぶりだね」

後ろから聞きなじみのある声が聞こえる。

「嵐山先生、ご無沙汰してます」

「君もずいぶん立派になったね。どうだい？　医大生は大変だろ」

僕はあれから医者になるために猛勉強した。

祈莉がいなくなってしまったことでできた心の穴を、なんとかして埋めたかったっていうのもあるかもしれない。

けど嵐山先生にも色々大学の相談をして、晴れて第一志望の大学に合格。

まだまだ分からないことだらけだし授業についていくので精一杯なところもあるけど、腐らずに毎日頑張ってる。

「毎日が嵐のようですよ。僕は手術ができない分、たくさんの知識を頭に入れて祈莉と同じ病気の人を救う方法を見つけたくて」

「君ならきっとできるよ。頑張って。いつか一緒に仕事できることを楽しみにしてるからね。腕はどう？」

嵐山先生は僕の左腕を指さして言った。

嵐山先生に見えるよう、左腕を持ち上げる。

「使いやすいです。この義手をつけてからできることも増えて」

「そうか。よかったね。僕も嬉しいよ」

僕は三年前、義手をつける決断をした。

本当にたくさんの時間をかけて悩んで、自分と葛藤して、決めた。

腕のない自分を認めて次へ進もうと。

これが僕のできる最初の一歩だと。

父さんともちゃんと話をして、しっかりとした機関に相談した末、作ってもらった義手。

今ではしっかりと僕の体の一部になってくれている。


「お父さんの調子はどうかな」

「父は自分の意志で精神科に通っています。母が亡くなってから父は〝気分変調症〟という病気になっていたみたいで。鬱病《うつびょう》の一種なのでなかなか大変ではありましたが去年、通院しつつであることを条件に本格的に仕事復帰をしました」

「そっか。回復に向かっているんだね。よかった。僕も頑張らないとな〜」

そう言って大きく伸びをする嵐山先生を「？」という表情で見ると。

「ん？　あぁそうそう。僕も祈莉ちゃんのことがあってから、さらにたくさんの研究やら練習やらで大忙しでね。気持ちは梨久君と一緒だよ。頑張ろうね」

そう言って差し出された手を強く握って、

「はい！」

そう力強く返事をした。

皆が前を向いて歩いてる。

僕も負けてられないいな。

「おっと、時間は大丈夫かい？　そろそろ戻らないといけない時間だろ」

時計を見ると次の講義まで二十分を切っていた。

「あっまずい。それでは先生、失礼します」

そう頭を下げて走り出した時、

〝頑張ってね〟


そう背中を押されたような気がした。

祈莉、君とした約束覚えてる？

君はいつまでも僕の中で生き続けてるよ。

待っててね。

必ず僕が祈莉と同じように苦しんでいる子を助けるから。

それまで、ずっと見守っててよ。
その言葉が書かれた紙切れを開く。
祈莉の大好きな言葉。
僕の大切な言葉。

祈莉、僕からはこの言葉を贈るよ。

『⠄⠹⠛⠅⠃⠜　⠃⠝⠵⠐⠟⠾』

あとがき

皆様こんにちは。くじらと申します。

この度は「世界の色をすべて君に」を読んでいただきありがとうございます。書籍化という初めてのことに今も驚きが隠せません……！

学生のうちに本を出版したいという夢を叶えることができ、本当に嬉しい限りです。

さて、本作はいかがでしたでしょうか。登場人物それぞれが抱える悩み、挫折、心の傷。どれか一つでも共感していただけるものはございましたか？　特に清水菜々の気持ちや言葉に共感してくださった方は、この物語の表の顔である「ピュアな恋の物語」から一転、裏の顔である「綺麗事だけじゃない人間模様」の部分を感じ取っていただいたのではないかなと思います。私自身、実はキャラクター達を立体的にしていく中で菜々に一番気持ちが入っていました。というのも、私は中学生の時に心を酷く病んでしまい、それこそ色が無くなってしまった世界を生きています。どうしたらあの子みたいになれるの？　何をしたら褒めてもらえる？　認めてもらえる？　沢山沢山悩んで。苦しい、もう無理だと思いながらもう一回頑張ってみるけど、でもダメで。そしてまた絶望して。頑張り方を見失っては目に見える存在意義を人に押し付けてきました。でも皆と同じようにできないので部室に誰よりも早く来て暖めておいたり、シフトに誰よりも入ったりとそんなことしかできず……。自分より可愛くて、優秀で、良い子で、優しい子に対して「いいな」と目を背けることしかできません。もっと頑張らなきゃ、あの人よりもあの子よりも。もっともっと、もっと頑張らないと。そんなことを繰り返す日々で「違う。私は、もう頑張らなくていいんだよ。ちゃんと見てるよ。いつもありがと」って一瞬でも立ち止まる時間と一緒に立ち止まってくれる誰かが欲しかったんだと、大人になった今気づくことが出来ました。

なので、今名前のない孤独を感じ、頑張ってるはずなのになんで？　と深く傷つくあなたに「少し立ち止まりましょう。一緒に」って菜々や梨久、祈莉達を通して分かち合いたかったです。あなたが自分を傷つけてしまう前に、手遅れになる前に、少しでも寄り添える存在になれればいいなと思い、このあとがきの場をお借りして少し私自身のことについて長く語らせて頂きました。子供を愛せない方、親を愛せない方、友達なんていないよという方、もう人生しんどいよという方、それ以外の方にも、書籍化という身に余る大舞台を用意していただいて私ができることを長い時間をかけ考えました。

これまで沢山の方が私にくれた〝今日まで歩んでこれた力〟を今度は私が梨久、祈莉、菜々にそしてこの本に託して皆様に届ける番です。少しでも届いていたらそれ以上の事はありません。

ここで謝辞を。拙い私に親身になり導いてくださった担当編集様はじめ製作陣の皆様へ、普段から私の作品を読んでくださる方々へ、いつも私の隣にいてくださる皆さんへ、そして本作をここまで読んでくださったあなたへ。心からの感謝を申し上げます。

この本が「明日もう少しだけ頑張ってみよう」と思ってくれたあなたをそっと抱きしめ、ふっと背中を押す一冊になりますように。

二〇二五年一月　くじら

この物語はフィクションです。
実在の人物、団体等とは一切関係がありません。

くじら先生へのファンレターの宛先

〒104-0031
東京都中央区京橋1-3-1
八重洲口大栄ビル7F
スターツ出版(株) 書籍編集部 気付
くじら先生

くじら

心理学部の現役大学生。ジブリと、バンド「神はサイコロを振らない」、そして食べることが大好き。散歩が趣味で多い時は4時間歩くことも。

世界の色をすべて君に

2025年1月28日　初版第1刷発行

著　者　くじら
発行者　菊地修一
発行所　スターツ出版株式会社
〒104-0031
東京都中央区京橋1-3-1　八重洲口大栄ビル7F
出版マーケティンググループ　TEL 03-6202-0386
書店様向けご注文専用ダイヤル　TEL 050-5538-5679
URL　https://starts-pub.jp/

印刷所　中央精版印刷株式会社
Printed in Japan

DTP　久保田祐子

ISBN　978-4-8137-9413-4　C0095

スターツ出版人気の単行本！

『#エモい青春ラブストーリー』

まかろんK・著

アイツといる君はいつだって楽しそうで、俺の入る隙なんて無いように感じてしまう。『――俺にもその表情見せてよ』君のその笑顔を俺にも向けて欲しいんだ。(本文『俺にもその表情見せてよ』より引用)　いつだって青春は平凡で退屈だけど泣きたくなるほど愛おしい――。

ISBN978-4-8137-9378-6　定価：1628円（本体1480円＋税10%）

『たとえ声にならなくても、君への想いを叫ぶ。』

小春《こはる》りん・著

失声症の栞は、電車で困っているところを他校の先輩・樹生に助けてもらう。【声は出ませんが、耳は聞こえます】文字でのやり取りでふたりの距離は縮まっていく。一方栞は、過去の出来事に苦しんでいる自分を受け止めてくれた樹生の優しさに心動かされ…。ふたりは惹かれ合っていくが、樹生もまた心に傷を抱えていて――。

ISBN978-4-8137-9377-9　定価：1540円（本体1400円＋税10%）

『半透明の君へ』

春田《はるた》モカ・著

あるトラウマが原因で“場面緘黙症《ばめんかんもくしょう》”を患っている柚葵。ある日、陸上部のエース・成瀬がなぜか柚葵を助けてくれるように。まるで、彼に自分の声が聞こえているようだと思っていると、突然『人の心が読めるんだ』と告白される。少しずつ距離を縮める成瀬と柚葵。けれどふたりの間には、ある切ない過去が隠されていた…。

ISBN978-4-8137-9368-7　定価：1650円（本体1500円＋税10%）

『さようなら、かつて大好きだった人』

メンヘラ大学生《だいがくせい》・著

幸せになるんだったら君とがいい。そう口にできたらどれだけ楽だっただろう。でももう、伝える術もなければ資格もない。ただ願わくば、もう一度会えたら、親友なんかじゃなくて、セフレでもなくて、彼にとってたったひとりの恋人になりたい――。共感必至の報われない25の恋の超短編集。

ISBN978-4-8137-9359-5　定価：1540円（本体1400円＋税10%）

書店店頭にご希望の本がない場合は、書店にてご注文いただけます。

スターツ出版人気の単行本！

『余命 最後の日に君と』

余命最後の日、あなたは誰と過ごしますか？――今を全力で生きるふたりの切ない別れを描く、感動作。【収録作品】『優しい嘘』冬野夜空／『世界でいちばんかわいいきみへ』此見えこ／『君のさいごの願い事』蒼山皆水／『愛に敗れる病』加賀美真也／『画面越しの恋』森田碧

ISBN978-4-8137-9358-8　定価：1540円（本体1400円＋税10%）

『超新釈　5分後にエモい古典文学』

野月《のづき》よひら・著

枕草子、源氏物語、万葉集、徒然草、更級日記…喜びも、悲しみも、ずっと変わらない人の想いに時を超えて感動!?　名作古典を現代の青春恋愛に置き換えた超短編集！

ISBN978-4-8137-9352-6　定価：1485円（本体1350円＋税10%）

『あの夏、夢の終わりで恋をした。』

冬野夜空《ふゆのよぞら》・著

妹の死から幸せを遠ざけ、後悔しない選択をしてきた透。しかし思わずこぼれた一言で、そんな人生が一変する。「一目惚れ、しました」告白の相手・咲葵との日々は幸せに満ちていたが…。「――もしも、この世界にタイムリミットがあるって言ったら、どうする?」真実を知るとき、究極の選択を前に透が出す答えとは…？

ISBN978-4-8137-9351-9　定価：1540円（本体1400円＋税10%）

『いつまでもずっと、あの夏と君を忘れない』

永良《ながら》サチ・著

高２の里帆には幼馴染の颯大と瑞己がいる。颯大は中学時代、名の知れた投手だったがあることをきっかけに野球を辞め、一方の瑞己は高校進学後も野球を続けていた。里帆は颯大にもう一度野球をして欲しかった。そして３人で誓った甲子園に行く夢を叶えたかった。しかしそんな時、里帆が余命わずかなことが発覚し…。

ISBN978-4-8137-9342-7　定価：1485円（本体1350円＋税10%）

書店店頭にご希望の本がない場合は、書店にてご注文いただけます。

スターツ出版人気の単行本！

『あの花が咲く丘で、君とまた出会えたら。Another』

汐見夏衛《しおみなつえ》・著

大ヒット『あの花が咲く丘で、君とまた出会えたら。』待望の続編！／「もし、生まれかわれるなら――今度こそ、君の側にいよう」【白昼夢】―佐久間彰／「あなたと出会ったことで、私は変わった。あなたの想いが、私を変えたんだ」【水鉄砲】―加納百合／など、人気登場人物たちの“その後”が読める短編集。

ISBN978-4-8137-9341-0　定価：1540円（本体1400円＋税10％）

『泣きたい夜にはアイスを食べて』

雨《あめ》・著

仕事で失敗し、自分を責めてしまう。恋愛に疲れ、孤独で寂しい。そんな悩める夜に――。心を癒す人生の処方箋。頑張るあなたを救う言葉がきっと見つかる。心救われ、涙があふれる12の超短編集。

ISBN978-4-8137-9336-6　定価：1485円（本体1350円＋税10%）

『愛がなくても生きてはいけるけど』

詩《うた》・著

愛がなくても生きてはいけるけど、幸せも、切なさも、後悔もその全ては永遠だ。SNSで16万人が共感している言葉を集めたショートエッセイ。あなたの欲しい言葉がきっとここにある。【収録項目】欠点こそが愛の理由。/「好きかもしれない」はもう負けている。/別れの理由は聞いておいた方がいい。他

ISBN978-4-8137-9325-0　定価：1540円（本体1400円＋税10%）

『私はヒロインになれない』

小桜菜々《こざくらなな》・著

幸せなヒロインにはなれなくても、いつか、たったひとりの“特別”になれるだろうか――。自分と正反対の可愛い彼女がいる男に片想いする明。彼氏の浮気に気づいても、“一番”の座を手放せない沙夜。この苦しい恋の先にある、自分らしい幸せとは――全ての女子に贈る、共感必至の恋愛短編集。

ISBN978-4-8137-9318-2　定価：1485円（本体1350円＋税10%）

書店店頭にご希望の本がない場合は、書店にてご注文いただけます。

スターツ出版人気の単行本！

『ありのままの私で恋がしたかった』

蜃気羊《しんきよう》・著

ずっと一緒にいたいと思ってた。それだけ私は君のことが好きだったし、君の理想になれるように無理だってした。だけど、そんな私の背伸びを君は見抜いたんだね。素直になれなくてごめんね。（本文『君との関係はもう、戻らない』引用）恋に悩む夜に、自分が嫌になる夜に、心救われる１ページの物語。

ISBN978-4-8137-9312-0　定価：1485円（本体1350円＋税10%）

『僕たちの幸せな記憶喪失』

春田《はるた》モカ・著

「君達が食べた学食に、記憶削除の脳薬が混ぜられていた」高３の深青は、担任からそう告げられた。罪悪感から逃れて別の人生を歩めるかもしれない…そんな考えが深青の頭をよぎる。ざわめく教室で、一人静寂をたもつ映。彼もまた、人生から逃れたい理由を持っていた。ふたりは卒業アルバム委員としてまじわるが…。

ISBN978-4-8137-9311-3　定価：1540円（本体1400円＋税10%）

『すべての恋が終わるとしても―140字の忘れられない恋―』

冬野夜空《ふゆのよぞら》・著

シリーズ累計35万部突破！　TikTokで超話題！　30秒で泣ける超短編、待望の第３弾！　140字で綴られる、一生忘れられない、たったひとつの恋。――たとえ叶わなくても、一生に一度の恋だった。『1ページでガチ泣きした』（Rさん）など、共感＆感動の声、続々！

ISBN978-4-8137-9302-1　定価：1485円（本体1350円＋税10%）

『願いをつないで、あの日の僕らに会いに行く』

小春《こはる》りん・著

2023年夏、六花は同じバスケ部だった優吾の通夜に向かっていた。最後の試合は優吾のコロナ感染で出場辞退となり、心を閉ざした彼は自ら命を絶ったという。「もう一度会いたい」と六花が願うと高校の入学式までタイムスリップしていた…。優吾の自殺を止めようとする六花だが、彼の死にはある理由があって…？

ISBN978-4-8137-9293-2　定価：1485円（本体1350円＋税10%）

書店店頭にご希望の本がない場合は、書店にてご注文いただけます。